時空調查科 ⑦

百年戰場上的小傭兵

關景峰 著

新雅文化事業有限公司
www.sunya.com.hk

時空調查科

阿爾法小組

― 人物介紹 ―

凱文

特工代號：051

年　　齡：13歲

組內擔當：分析大師

特　　長：IQ極高，分析力超強，
　　　　　多謀善斷

最強裝備：萬能手錶

萬能手錶

具備通訊、翻譯、搜尋、地圖
等等功能，還能按需要升級更
新其他功能。

張琳

特工代號：059

年　　齡：13歲

組內擔當：攻擊大師

特　　長：擁有驚人的戰鬥力，對各種
武器都運用自如

最強武器：先鋒寶盒

先鋒寶盒

可變化成霹靂劍、迴旋鏢和流
星錘三種武器的神奇寶盒。

西恩

特工代號：056

年　　齡：12歲

組內擔當：防衛大師

特　　長：能針對不同攻擊使出各種防禦
力強大的招式

最強招式：防禦盾、防禦弧

防禦盾

原為硬幣般大小的鐵片，使用時
會變大成圓形盾牌。

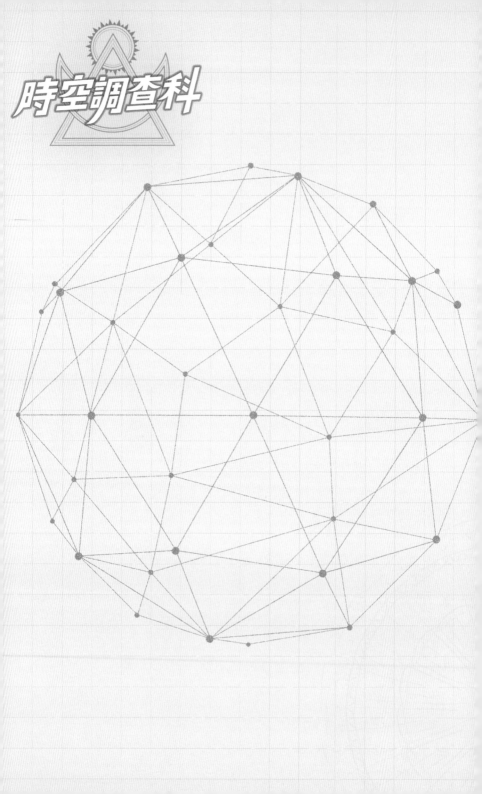

目錄

戰火紛飛

「轟──」的一聲，一枚球形炮彈落在地上，隨即炸響，土塊四濺，硝煙彌散。

「嗖──嗖──嗖──」近百枝箭一起從天而降，扎在地面上。

「張琳──西恩──」我大喊着，翻滾在一邊，躲在一塊石頭旁，我尋找着剛才還在身邊的張琳和西恩。

「快跑──快跑──」幾個村民慌忙地從我身邊跑過，一枝箭從天而降，直直地射向一個村民拉着的小女孩，小女孩大概只有十歲。

「小心──」我飛撲過去，一把推開小女孩，箭扎在了地上，小女孩得救了。

「謝謝你。」那個村民連忙扶起小女孩，轉

頭對我説，他應該是小女孩的父親。他們説的是法語。我們現在在法國北部阿金庫爾鎮東的尚松森村，不過，這是1415年的尚松森村。

「轟——」的一聲，又是一枚炮彈落下，在我們身邊不遠處爆炸，飛濺過來的泥塊打在我們身上，很疼，還好不是彈片。

「不是説這個時代不怎麼使用火炮嗎——」我氣得大叫着，我想把這話對張琳和西恩説，可是我忘了，幾分鐘前我們還在一起，可是現在亂成一片，他們不見了。

又是十幾個村民慌張地從我身邊跑過，有兩個村民還牽着他們的牛。

「我們去那邊躲一下。」小女孩的父親跑過來對我説，他指着不遠處的一間房子。

「可是我還有兩個伙伴。」我大聲地説，同時看着四下，我要找到張琳和西恩。

「轟——轟——」的兩聲爆炸，又有兩枚炮彈落

在我們身邊不遠處，看來我們這裏被炮火瞄準了。

「快跑——」我對小女孩的父親招招手，向不遠處的房子跑去。此時我説的也是法語，我手臂裏的晶片識別出法語，我的語言也被轉換成了法語。

我們一起跑過去，躲在了房子旁邊。我看着四周，我也不知道該往哪裏跑，這裏是戰區，到處有爆炸，不停地有箭枝落下來。

「嘩嘩嘩——」一隊騎着馬的鎧甲士兵，舉着長矛從房子旁邊跑過，我看到了他們的旗幟，他們是法軍。

「攻擊——攻擊——」一個聲音從不遠處的一個磨坊後傳來，一個法軍的軍官，指揮着十幾個弓箭手，向遠處進行射擊。

我就在戰場裏——英法百年戰爭的戰場。來到這裏，不是為別的，就是為抓獲毒狼集團在意大利巴里地區的首領辛博諾。毒狼集團最近越發猖狂，作為一個跨國的犯罪組織，雖被我們全球特種警察

機構連同多國警方剿滅過，但是近幾年死灰復燃、沉渣泛起，巴里地區的該組織近期尤為活躍。

不久前，意大利警方和我們聯手，沉重打擊了該組織，但是辛博諾脫逃，我們完全掌握他的行蹤，這傢伙已經逃到了1415年的法國北部阿金庫爾鎮東的尚松森村，我和張琳、西恩，接到諾曼先生的指派，直接穿越追蹤而來，沒想到一落地就遭到一陣炮火轟擊，因此失散。我們事先當然知道1415年10月25日在阿金庫爾鎮發生了英軍和法軍的大會戰，所以我們選擇在11月2日落地，避開這個時間，落地點也不是阿金庫爾鎮，但是沒想到還是遇到了戰鬥。

此時，我能看見不遠處有法軍向前方射擊，那一定是英軍的方向。我身邊的幾個村民瑟瑟發抖，他們告訴我，戰鬥也是不久前剛發生的，一隊法軍匆匆趕來，一隊英軍也突然衝殺過來，兩軍隨即在這個村子展開激戰。

四處都是爆炸和箭枝飛過，我們也不知道該躲在哪裏更加安全，我還四下找着張琳和西恩，不知道他們跑到哪裏去了。

這邊炮火漸熄，我抓緊時間，抬起手臂，我要用萬能手錶上的通訊系統聯繫張琳和西恩。我緊急呼叫張琳和西恩。

「張琳——西恩——你們在哪裏——」

我大聲地喊着，身邊幾個村民都好奇地看着我。不過我已經顧不上這些了，我要立即找到張琳和西恩。

「凱文——凱文——我是西恩……我們也在找你……」我的手錶裏終於傳來西恩的聲音，不過通話聲受到干擾，裏面還傳出爆炸聲。

「西恩——你們在哪裏——」聽到西恩的回話，我激動地叫起來，「我在磨坊這裏——」

「轟——」的一聲爆炸，一發炮彈忽然落下來，落在房子的轉角那裏，一堵牆當即被炸塌，我

被埋在了下面，一塊磚石砸在我的頭上，我眼冒金星，我感到身上都是磚石。

「撤——撤——」一個法軍軍官大喊着，我從石塊中看到了他，他正在指揮手下的士兵撤退。

我的意識越來越模糊，隨即，我失去了意識，完全暈倒在石頭堆裏了。

……

再次醒來的時候，我感到身上的石塊都沒有了，我躺在被炸塌的那堵牆旁邊，我的身邊站着幾個拿着盾牌的鎧甲士兵，幾匹戰馬在他們身邊悠閒地站着，這裏已經恢復了平靜，沒有任何炮火聲了。

「隊長，他醒了。」一個鎧甲士兵走到一個身穿紅色罩袍的軍官身邊，報告説，他説的是英語，我也發現他們的軍裝和剛才的法軍不一樣。

我看見紅色罩袍軍官手裏拿着一塊手錶，我連忙抬起手，發現我的手錶不見了，他拿着的就是我的手錶。

「我的手錶——」我掙扎着爬起來，去搶回我的手錶。

兩個士兵連忙攔住我，我估算了一下，周圍有好幾個士兵，平時擊敗他們沒什麼問題，但此時他們都穿着重甲，反擊起來我一個人也比較難對付。

「你説英語？」被稱為隊長的紅罩袍軍官看着我，「你是英格蘭人？你怎麼會在這裏？我們以為你是法國村民呢。」

「我……」我一下就愣住了，我身體裏的語音辨識晶片辨認出他們都説英語，所以自動把我的語言也轉換成英語。

「蘭開夏郡口音，是我們的人。」一個持長槍的士兵在一邊對紅罩袍軍官説，「我外婆就是蘭開夏郡人，我聽出他的口音了。」

「那就是蘭開夏軍團的人了，怎麼他們軍團裏還有這麼小的士兵？」紅罩袍軍官説。

「僱傭兵，幫着做飯送飯。」那個士兵説，

「隊長，這個孩子估計是前幾天打仗跑散了的，當時蘭開夏軍團損失慘重呀。」

「那好。」紅罩袍軍官點點頭，隨後看看我，「現在你是肯特軍團的士兵了，肯特軍團槍騎兵大隊，記住了嗎？蘭開夏軍團回國休整了，你現在跟着我們，錢不會少你的。」

「可是我……」我都不知道該怎麼説了，也沒辦法解釋，可是我真不想在這裏當兵，我要找到張琳和西恩，我們還要抓辛博諾回去。

「都是國王陛下的軍隊，你不能拒絕。」紅罩袍軍官指着我，嚴厲地説，「我是你的隊長，我叫坎貝爾，你今後在廚房幫廚！」

「聽見隊長的命令了嗎？」那個士兵對着我大喊，隨後推了我一把，「去幫廚，前面冒煙的地方，僱傭兵也要講規矩，要聽隊長的……」

「等一下。」坎貝爾隊長突然説。

我站住了，看着隊長，他舉起了我的手錶。

「為什麼這裏面有聲音？好像還有個頭像，一個傻乎乎的孩子在裏面……」

「這……」我判斷是我剛才暈倒的時候，這些傢伙聽到西恩的呼叫，拿走了我的手錶，「這是吉普賽人給我的水晶球，會有一些奇幻景象。請你還給我……」

「現在是我的了，哈哈哈……」坎貝爾大笑起來，「奇幻水晶球，能戴在手腕上，真的很不錯，哈哈哈……」

「你……」我也不知道該怎麼辦，那是我的聯絡工具呀，可是現在也沒辦法搶回來。

「走，走，去炊事分隊幫廚，打了半天仗，餓死我們了。」那個士兵上來就推我，「去那邊冒煙的地方，就像你在蘭開夏軍團一樣，做好了飯端過來。」

我無奈地向前面升起炊煙的地方走去，邊走邊看着周邊的情況。很明顯，英軍佔領了這個地方，法軍撤走了。一些房子被炮火轟塌了，有兩所房子

還冒着煙。我被士兵帶到一個還算完整的房子裏，一個年紀大的人正在做飯，他沒有穿鎧甲。他的身邊，還有兩個年輕人，也沒有穿鎧甲，看來他們都是燒飯的。

「這是廚師長，你跟着他幹活。」士兵指着那個年紀大的人説，隨後看看他，「這是蘭開夏郡的僱傭兵，現在跟着你了。」

「好，好。」廚師長點着頭，隨後憐憫地看着我，「這麼小就出來當僱傭兵了，家裏一定很窮吧。」

「是，很窮。」我無奈地説，「我叫凱文。」

「好，凱文，蘭開夏郡人，今後就在這裏幹活吧，平時就燒燒飯，法軍人多的時候，我們也幫忙打仗，不過我會護着你的。」廚師長看上去是一個和藹的人，「那麼，你現在就往爐子裏扔木柴吧。」

「還要打仗？」我一愣，隨即點點頭，走到爐子旁，爐子上有個大鍋，裏面正在煮肉，「噢，廚

師長，根據史書⋯⋯啊，是根據我前幾天看到的，我們英軍不是取得阿金庫爾大戰的勝利了嗎？怎麼還打仗？」

「是取得勝利了，但是有些法軍不甘心呀，最近兩天襲擾不斷，我們也展開了攻勢，擴大戰果。」廚師長說，「哎，這樣打下去，也不知道什麼時候結束，我都好幾年沒有回肯特郡了。」

原來如此，史書上可沒說阿金庫爾會戰後，這裏還有持續的戰鬥。所以我們一來就落在戰場上了。現在的問題是，我要拿回我的手錶，找到張琳和西恩，他倆不知道流落到哪裏了，不過剛才我暈倒前，聽到了西恩的聲音，他們應該沒事，現在應該也在找我。

飯很快就做好了，廚師長讓我們端着一碗碗的肉和麵包，給隊長他們送去，我被拉進來當僱傭兵的這個大隊，有近百個人。我親自把一碗肉端給隊長，他根本就不在意我，而是和身邊的人大聲地說

着話。我在觀察，他把我的手錶弄到哪裏去了，我要先把手錶拿回來。

隊長吃完飯，住進了一個房子的二樓，我記住了那裏，這房子的樓下住着三個士兵。我盤算着，怎麼去二樓把手錶拿回來，實在不行，硬搶也要搶回來。隊長是個古代士兵，身高馬大的，但我可是超能力者，一對一的情況下，他根本不可能是我的對手。不過樓下還有三個士兵，一旦交手，這些士兵不僅會幫助隊長，還會喊來更多的人。

整個下午，沒什麼事，廚師長叫我隨便走走，但是不能逃跑。就算跑也沒用，整個村落四邊都有哨兵，廚師長還嚇唬我，要是亂跑，被法軍抓住，會殺了我的。

我當然不擔心什麼被法軍抓住，本身我也不是英軍。我就想着拿回手錶，所以我一直圍着房子轉，想找機會上二樓，可是樓下那三個士兵在屋裏賭博，一點也沒有休息的意思。我也無法溜進二

樓，我想攀爬上去，可是房子周圍不時有士兵走動。

「嗚——嗚——」我正想着辦法，突然又有淒厲的軍號聲傳來，這下，整個區域全都沸騰起來，住進房間的士兵們紛紛從房間裏跑出來，有的一出來就去牽馬。很快，隊長拿着頭盔，也衝下樓。

「報告隊長，法軍來了，估計有三百人——」一個士兵跑來，向隊長報告說。

「啊？這麼多？他們哪找來這麼多人？」隊長先是一愣，隨後吩咐所有士兵，「集合——整隊——全員上陣——」

「他們抓了不少僱傭軍，連軍裝都沒有。」那個士兵連忙說。

「知道了，全體出戰。」坎貝爾說。

「啊呀，凱文，我正找你呢，在這裏幹什麼，快，準備打仗了。」廚師長這時跑到我身邊，他居然戴着頭盔，扛着一根長槍。

CHAPTER 2

變成了法軍

廚師長説着話，旁邊一個士兵把一個頭盔罩在我頭上，還給了我一根長槍。頭盔太大，我戴上去以後頭盔亂晃，都要掉了。

「怎麼還要打仗？我們也參加戰鬥嗎？」我疑惑地問。

「當然了，沒聽見坎貝爾隊長説嗎？全員上陣。」廚師長説着拉着我，向集合的隊伍走去。

此時，坎貝爾隊長已經讓整個槍騎兵大隊排列整齊，這個大隊大多數士兵騎馬，只有我們十幾個人沒有馬，算是步兵，還有十幾個人，站在三門炮車旁，他們是炮兵。

我們站在那些高頭大馬旁，坎貝爾騎着一匹深褐色的大馬，在隊伍前來回走動着。

「聽着——法軍來襲，要奪回這個村子——」坎貝爾大喊着，隨即從腰中抽出長劍，揮舞着，「跟我來——出村迎敵——」

坎貝爾揮舞寶劍的時候，我很清楚地看見，我的手錶戴在他的手腕上。

槍騎兵大隊氣勢洶洶地出了村。村外，有兩個哨兵，緊張地向前面的田野張望着。大概兩百米外的田野，一大隊人馬正在向這邊前進，我看到了他們的法軍旗。

「列隊，準備攻擊——」坎貝爾大喊一聲。

三門火炮被立即推到村口旁的大樹邊，炮口對着法軍，槍騎兵們一字排開，前後形成兩排，第一排士兵把長槍掛在馬身上，取下了弓箭，準備射擊。後面的一排士兵則舉着長槍，準備在一輪射擊後衝鋒。

「我們……我們怎麼辦……」我緊張地問廚師長。

「我們跟在騎兵後面衝鋒，有受傷的騎兵，我們要把他們救回來。」廚師長倒是比較平靜，看起來他參加過不少戰鬥了。

不遠處，法軍越來越近，他們的第一排，是舉着盾牌的騎兵，這些騎兵大概有一百人，他們更多的是步兵，步兵和騎兵一起前進，只有很少步兵拿着盾牌，很多步兵除了戴着頭盔，衣服和我一樣，不是軍裝，而是老百姓的衣服，應該是法軍的僱傭軍。

法軍越來越近，走到距離我們五、六十米的地方，全部停下，兩軍開始對壘。就在這時，我們這邊第一排的弓箭手，一起舉起了手，對着對面的法軍打出了「V」字手勢，每個人的臉上還掛着不屑的笑容。

歷史記錄的事情展現了，我見證了歷史。前幾天的阿金庫爾會戰前，法軍蔑視英軍的弓箭手，說勝利後要抓住英軍的弓箭手，砍掉他們的手指，讓

他們再也不能射箭。會戰的結果是英軍獲得勝利，所以此後他們對陣法軍的時候，都會舉起手指，比劃成「V」字，嘲笑法軍自己一方才是勝利者，而且手指還在，後來演變為現在流行的「V」字勝利手勢。

法軍方面，一片譁然。此時，我在法軍的步兵裏，看到了兩個熟悉的人——張琳和西恩。沒錯，就是他倆，他倆也各自戴着一個頭盔，舉着一枝長槍。他們身邊的步兵，基本都是成年人，所以他們反而顯得比較突出，和我在這邊的情況一樣。

「嗨——」我興奮地舉起手，向西恩和張琳打招呼，不過隨即意識到目前的形勢，我們可是兩軍對壘，我連忙捂住嘴巴，「嗯，嗯……他們好多人呀……」

「噓——」廚師長連忙提醒我，「不要亂喊，不要緊張，跟在我身邊。」

張琳和西恩明顯也看到了我，他倆舉着槍，

搖晃了兩下，我們互相遙望着，我必須擺脫這個處境，可是無論是我，還是張琳和西恩那邊，身邊都是人。而且雙方的交戰隨即會爆發，到時候廝殺成一片，我們似乎能一起逃走，可是我的手錶還在坎貝爾那裏了。

「大家準備——」坎貝爾舉起寶劍揮舞起來，「他們要是衝鋒，我們就射擊——」

這時，坎貝爾似乎覺得戴着的手錶很不舒服，影響了他舉劍揮舞，我知道他一定是第一次「戴手錶」。坎貝爾説着把手錶解下來，往鎧甲裏放，他想順着脖子處的鎧甲縫隙放進鎧甲裏，但是手錶的表面有個弧形罩，整體較厚，他沒有放進去，再一用力，手錶掉在地上了。

時機來了，再也遇不到這樣拿回手錶的機會了。我把槍扔掉，衝上去就撿起手錶來。

「啊——」坎貝爾大叫起來，「我的水晶球——還給我——」

「是我的——」我把手錶戴在手上，轉身要跑，只要跑走，通過手錶就能聯繫上張琳和西恩。

「哇——想造反嗎——」坎貝爾説着一槍就刺過來。

我一閃身，躲過了這一槍，坎貝爾真是狠毒，他這一槍是直刺我的要害的。我順勢抓住槍桿，用力一拉，把坎貝爾拉下了馬。

坎貝爾被我拉下馬，他身穿着重甲，一時爬不起來，他大罵着。這時，他的兩個衛兵，一胖一瘦，衝了過來，用長槍刺我，我先是躲開，避過鋒芒，隨後出手，幾下就把兩個衛兵打倒在地。此時，現場的英軍一片譁然，廚師長更是愣在那裏，他都不敢相信自己的眼睛。

法軍方面，看到英軍這邊自己打了起來，而且英軍的首領還倒在了地上，爬不起來。這個時機他們可不會錯過，法軍的首領一揮長劍，帶着手下就衝了過來，張琳和西恩也衝了過來，而且還跑在最

前面，他們是來救助我的。

　　英軍這邊，看到法軍衝過來，全都慌了手腳，他們的隊長躺在地上，無人組織反擊。三輛炮車的其中一輛匆匆放出了一炮，幾個弓箭手慌忙射出一箭，隨即，全體英軍轉身就跑，有兩個士兵，拖着地上的坎貝爾就跑。

　　「去——去——」我走過去，對着兩個被我打倒的坎貝爾的衛兵一人踢了一腳，他們爬起來，慌忙跑了。

　　法軍很快就衝了過來，英軍慌忙撤出了尚森松村，法軍奪回村子，並沒有再追趕，而是四處歡呼，慶祝勝利。張琳和西恩則衝過來就把我拉住，他倆顯得非常激動。

　　「……和你通話，結果顯示幕上出現了一個英軍，我連忙關閉了通訊。」西恩搖晃着我，「我和張琳都急死了，總算見到你了。」

　　「你們跑到哪裏去了？」我也急着問。

「被打散了呀，我們和一些村民在一起，躲在一個牛圈旁，剛和你聯繫上頭像就換成英軍了，後來英軍衝過來，我倆就跟着村民一起跑了。」張琳說，「跑出去十公里，來了一隊增援的法軍，以為我和西恩是法國人，就把我們和其他一些村民拉進隊伍，把我們算成法軍的僱傭軍，幫助他們打仗，我們想走，他們又不讓，還說要來收復這個村莊，我們就跟着來了。」

「開始說讓我們當炊事兵，結果又說攻打村莊人手不夠，發了我們長槍就讓我們參加攻擊。」張琳憤憤不平地說，「還讓我一個女孩子打仗。」

「英軍一開始也說讓我燒飯，我還幫着燒了一頓飯呢……」我連忙說，我看着周圍成隊的法軍，而此時張琳和西恩的身分是法軍的僱傭軍，我們很難現在就走，「等一會，我們想辦法離開……」

「哈哈哈哈，我們的小英雄。」一個聲音傳來，只見一個法軍的軍官騎着一匹馬走來，隨後

跳下馬，「居然把英國的隊長打下馬了，真是厲害。」

「這是我們的副隊長布德男爵。」西恩看見法軍軍官，介紹說。

「布德男爵。」我只能很有禮貌地對軍官說，他現在算是張琳和西恩的指揮官，此時我說的話也變成了法語。

「你們是一起的？」布德男爵身材高大，他看了看張琳和西恩。

「嗯。」張琳和西恩一起點點頭。

「啊，那就是我們法國人啦。這些英國佬，真是瘋了，居然把我們法國人拉去當他們的兵。」布德男爵大聲地說，隨後看看我，「還好，你是我們法國人的榜樣，你打了好幾個英國佬，要是大家都像你，我們早就把英國佬趕回去了。你叫什麼？」

「凱文，我叫凱文。」

「現在起你就是法國第二軍團第一大隊的士兵

了，今後你要像剛才一樣，把那些英國佬殺得片甲不留，哈哈哈哈……」布德男爵得意地大笑起來。

「這就……這就讓我當兵了……」我猶豫地説，我還想着一會和張琳、西恩跑掉呢，我們可不是來打仗的，我們是來抓壞人的。

「嗯？」布德男爵看到我很猶豫，愣住了。

「先聽他的。」張琳小聲地説，「你現在是法國人，不肯參加法軍就是叛國，要被嚴厲處罰的。」

「啊，啊，我當士兵，今後我跟着你當兵。」我連忙説。就這麼一會，我先是成了英軍，現在又變成了法軍。

「不是跟着我，是跟着阿瓦爾子爵。」布德男爵説着看看眾人，「大家聽着，來之前我得到了通知，我們的隊長不是陣亡了嗎，國王陛下給我們派來了新的隊長，阿瓦爾子爵，作戰經驗豐富，不過我也沒見過他，他是從第三軍團派來的。」

我可不想知道什麼阿瓦爾子爵，我就想着快點和張琳、西恩離開這裏，否則我們會被派去打這幾百年前的仗，而且我們還知道這場仗再過不到四十年就結束了，法軍最終獲勝。我們也不可能去改變歷史。

張琳和西恩在炊事分隊幫廚，我則被分在第一大隊第十五戰鬥小隊。此時法軍重新佔領村莊，哨兵已經派了出去，其餘的人都在找房子住下。我和張琳他倆湊在一起，研究着下一步的行動，我們準備在哨兵不注意的時候，找機會溜走。

「……那個辛博諾逃到這裏，也是想借助這裏的戰爭混亂，躲避我們的追擊。」我和兩個伙伴躲在磨坊旁邊，「從這裏的情況看，辛博諾應該不在英軍裏，這附近的英軍似乎只有我剛才幫廚的那支肯特軍團的槍騎兵大隊，裏面絕對沒有辛博諾。」

「那這個法軍第二軍團第一大隊也沒有辛博諾，我和張琳剛才也看過這裏的人。」西恩説道，

「而且這附近的法軍也只有這一支。」

「那麼，只要辛博諾落地點在這裏，他不在英軍，也不在法軍，就應該躲在村民裏面。如果他單獨一個，沒吃沒喝，在這裏無法生存下來。」我進一步分析説。

「技術科分析出來的，辛博諾落地點就在這裏。」張琳説着看看四周，「他比我們早來一些時間，不過四周都有更大的戰鬥，他也跑不遠，最近這裏打仗，他應該是跟着這裏的村民跑了，有個村民跟我説，前些天這個村子有些村民預感到要打仗，不少人跑到村外樹林。」

「那有沒有人看到辛博諾呢？」我連忙問。

「要是看到早就和你説了。」張琳擺擺手，「村民説這幾天這裏亂得很，沒人在意有沒有外人跑來，因為經常有別處的村民跑來，反正這是戰區，村民們沒辦法，經常亂跑的。」

「好，我知道了。」我想了想説，「現在哨

兵還都很緊張呢，過一會鬆懈下來，我們就跑出村子，去逃散的村民中去找辛博諾。」

「也只能這樣了。」張琳的語氣有些沉重，「只是不知道去哪裏找，村民們都是四散而逃的。」

「不會逃走太遠，這裏畢竟是他們的家。」我說着指了指北面的樹林方向，「先去樹林裏找，一點一點的找，我們的優勢是辛博諾不認識我們，但是我們有他的照片。」

村子裏逐步安靜下來，大多數的士兵都住進房子裏。在一所高大的房子上，法軍的觀察哨向遠處望着，英軍已經跑遠了，這裏是安全的。法軍開始鬆懈起來。

「西恩，説了半天話了，一會要燒火做飯了。」一個法軍士兵從我們身邊經過，看着西恩説。

「啊，知道了。」西恩連忙説，等那士兵走

遠，西恩很是憤憤不平，「居然讓我燒飯，憑我的本事，怎麼也能當個將軍。」

「我們可不是來當將軍打仗的。」張琳板起臉，一本正經地説。

「開玩笑呢，我開玩笑呢。」西恩有些不服氣地説。

「好了，我們可以走了。」我説着看了看四周，身邊沒有什麼人，遠處村子東面出口，有兩個哨兵。

CHAPTER 3

新來的隊長

我們向村的東面走去，在村子裏行走，沒有人管我們。我們要到村口找地方跑出去，我們來到哨兵不遠處，他們也沒怎麼關注我們三個。

「那邊有個房子，我們繞過去，然後我們就快跑出村，他們追不上我們的。」我研究着周邊的情況，說道，「而且你們看到沒有，這兩個哨兵一直在聊天，警惕性不高。」

我們確定了計劃，開始向那所房子移動，這時，村子外不遠處，一匹白馬由遠及近地跑來，白馬上坐着一個人，穿着華麗的法軍軍官服。

兩個哨兵不再聊天了，而是警覺地看着那個軍官，我們也放慢了腳步，看樣子那個軍官要進村子，我們要等那個軍官進來、走遠後再跑。

「我是阿瓦爾子爵──」騎着白馬的軍官大聲地喊着，來到了兩個哨兵前，他勒住了韁繩，停了下來，「我奉第三軍團司令命令，來你們第一大隊上任，擔任隊長。」

兩名哨兵立即立正，隨後敬禮，阿瓦爾隨即還禮，不過他的敬禮姿勢可不標準。

我們三個都驚呆了，我們距離阿瓦爾子爵不到二十米，我們都看清楚了他的面容，這分明是辛博諾──我們前來捉拿的那個人的臉，但是他卻說自己是阿瓦爾。辛博諾三十歲，這個阿瓦爾子爵年齡也是約三十歲，難道他們剛巧長得一樣？我們站在原地，一動不動。

「阿瓦爾隊長，我們的副隊長布德男爵就在裏面，那所兩層的紅頂房子裏，我們正等着你的到來。」一個哨兵畢恭畢敬地說，「請你跟我來。」

說着，哨兵在前面跑，阿瓦爾騎着馬跟在後面，向布德男爵住的房子走去。

「有問題，我們不能走了。」我看看兩個伙伴，「跟我來。」

我也向布德男爵的房子走去，張琳和西恩跟着我，他們也牢記這辛博諾的樣子，我們都不相信有這麼巧的事，辛博諾就躲藏在這個區域，前來的阿瓦爾子爵怎麼會就和他一模一樣，但是辛博諾怎麼會變身為阿瓦爾的，實在令人費解。

「報告——阿瓦爾子爵駕到——」哨兵離着那所房子還有十幾米，就高聲大喊起來。

阿瓦爾子爵到了房子門口，哨兵牽住馬，他跳下馬。這時，布德男爵從房子裏跑了出來，他整理了一下自己的帽子，向阿瓦爾子爵立正敬禮。

「報告隊長，我是布德副隊長。我們一直在等待着你的到來。」

「我是阿瓦爾，這是我的任職令。」阿瓦爾說着把一張紙遞給了布德，「從現在起，我來指揮整個大隊。」

「是。」布德接過那張紙，簡單地看看，他一直是畢恭畢敬的樣子，「請問隊長，只有你一個前來嗎？你的衞兵呢？我立即安排他們吃飯休息。」

「唉——」阿瓦爾說着歎了口氣，「兩個衞兵和我來的，半路上遇到英軍襲擊，兩個衞兵都戰死了，我一個人突圍出來。」

「什麼？」布德大叫起來，「這麼猖狂？還敢偷襲你？我立即整隊出發，攻擊他們。」

「算了。」阿瓦爾擺了擺手，「一小羣英軍偷襲，打了就跑，現在不知道跑到哪裏去了，你就是去追也追不上了。」

「是。」布德說，他臉色忽然變得輕鬆了一些，「您安全就好……啊，剛才，我帶領大隊奪回了這個村子，趕走了英軍，他們足有……上千人。」

「嗯，很不錯，我會向軍團司令報告你的戰功，等着領勳章吧。」阿瓦爾很是滿意地點着頭

說道。

「謝謝隊長。」布德立即敬禮。

我們三個聽到這話，都瞪大了眼睛。我剛才可就在英軍裏面，已經連一百人都不到，布德張口就是上千人，他可真敢説。不過我們此時最關心的是，這個阿瓦爾和辛博諾是不是一個人。阿瓦爾此時已經和布德進到房子裏了。

「阿瓦爾就是辛博諾吧？凱文，怎麼辦？我們要不要把阿瓦爾抓走？」西恩看着他們走了進去，焦急地問。

「反正目前是不能走了，我們要在這裏，先弄清兩人是不是一個人。」我也很着急，但是着急沒有用，接下來要識別出阿瓦爾的真實身分，「如果辛博諾躲在村民中間，穿着村民的衣服，那麼我們可以確定他就是穿越而來的辛博諾。他來這裏就是想躲在村民中逃避追捕，因為他知道被特種警察追到這裏的可能性很大。可現在辛博諾怎麼會穿着阿

瓦爾的衣服，變成了一個法軍大隊的隊長？而且布德事先説要來個新隊長，接着阿瓦爾就來了，所以我們要先弄清阿瓦爾到底是誰。」

「是不是辛博諾襲擊了阿瓦爾後，冒充阿瓦爾來這裏當隊長呢？」張琳想了想，問道。

「這是一種可能性，絕對不能排除。」我也想到了這一點，「我們還是先確定這個阿瓦爾到底是誰，否則我們把一個真正的法軍隊長帶到現代社會，後果也是很嚴重的。」

「凱文，那怎麼才能識別出阿瓦爾呢？」西恩又急着問。

「我想想，這個我要好好想想……」我平靜地説，「不要太着急，你們看，阿瓦爾就在那所房子裏，而且既然他主動進來，就不會馬上跑掉，我們有時間的。」

「西恩——張琳——」一個聲音大喊着，是炊事分隊的隊長在喊他倆，「別聊天了，過來幹活

了——」

「來了——」張琳立即回應道，她看了看我，「看看你，多好，我和西恩還要給你們燒飯吃。」

「我？」我愣了一下，望着張琳，「你答應得好快呀。」

「什麼？什麼答應？」張琳一愣。

「隊長叫你的名字，你馬上就答應。」我指着炊事隊長那裏説。

「那當然，現在是他手下的兵，又不能暴露身分，當然讓我們幹什麼就幹什麼了。」張琳沒好氣地説。

「走啦，走啦——」西恩拉了拉張琳，「隊長脾氣不好，過去又要被罵一頓。」

西恩拉着張琳走了，我看着他倆的背影，一個計劃已經在我的腦子裏形成了，我暗自高興。此時，除了炊事分隊那邊比較忙，村子裏比較安靜。我小心地來到磨坊那裏，看到裏面沒有人，走了進

去，來到一個角落，從窗戶看着外面，這樣有人進來我就能及時發現了。

「呼叫總部，呼叫總部。」我撥通了萬能手錶上的通訊電話，「我是阿爾法小組051號特工，我目前在15世紀的法國執行任務，我請求幫助⋯⋯」

「051號特工，我是總部指揮中心。」手錶裏傳出一個聲音，「我是07號管理員，請問有什麼要求？」

「我在處理毒狼集團辛博諾的案子，請幫我查閱辛博諾的資料，找到他母親的名字後告訴我。」

「好的，重複一遍，你需要辛博諾母親的名字，對嗎？」

「是的。我等你。」

「請稍等。」

我向外看去，遠處，有幾個法軍走動，村子裏越來越安靜了。炊事分隊在忙碌，其餘的人都無所事事，他們在等待着下一次戰鬥的安排，而英軍已

經遠去，下一次戰鬥也許要等很久。

「051號特工，線上嗎？」手錶裏突然傳來指揮中心07號管理員的聲音。

「我在。」我連忙説。

「我已經查到了，毒狼集團辛博諾的母親叫貝翠思奧利安娜，這是她的全名。」

「很好，我記住了，謝謝。」

「祝順利。」

CHAPTER 4

測試

　　我關閉了通訊系統，我記住了辛博諾母親的名字，接下來，我就可以對那個阿瓦爾進行測試了，而且是保證不暴露自己身分的測試。目前只能等西恩和張琳做好飯了。

　　我出了磨坊，想去廚房看看，這時，有個第十五戰鬥小隊的士兵走過來，把我拉到一個房子裏，這裏以前是一戶村民家，現在是我們的營房了。

　　「不要到處亂跑，現在你是我們法軍的士兵了。」小隊長很是不滿意地指着最裏面的一張牀，「你就住那裏，不要以為你很厲害，就目中無人，我可是小隊長，你一切都要聽我的。」

　　「是，小隊長。」我只能立正，我現在連一身法軍的軍裝都沒有，只有一頂頭盔，「那麼，我現

在做點什麼呢？」

「現在……」小隊長瞪着我，「什麼都不做，但是不要離開這裏太遠，萬一英軍打來，找你都找不到，再説一會就要開飯了。」

我坐到了牀邊，完善着頭腦裏的計劃。不一會，炊事分隊把飯做好了，我們一個小隊一個小隊地前往廚房那邊吃飯。我們十五小隊是最後去吃飯的小隊了，我們小隊有十幾個人，到了廚房那裏，看到桌椅都擺了出來，炊事分隊的人，包括張琳和西恩，正在往桌椅上擺放食物。

「我有辦法了。」我找了張桌子坐下，張琳走過來的時候，我對她小聲説，「吃好飯後，我們去磨坊那裏匯合。」

張琳點了點頭，去找西恩了。我匆匆地吃了飯，真是難吃。不過我的心思不在這裏，吃飯的時候，我觀察了一下四周，此時已經是傍晚了，整個大隊都比較放鬆，村子裏有不少士兵走動。

我先去了磨坊，不一會，張琳和西恩也趕了過來。磨坊這裏沒有別人，一見面，張琳就急着問我找到了什麼辦法。

「剛才，你們的那個隊長喊你們燒飯，張琳很快就答應。」我有些神秘地笑笑。

「對呀，當時你還説我回答得很快，當然了，有人叫我，我就馬上回答了。」張琳很是不解地看着我。

「啟發來自於這裏……」我繼續笑着，「現在，我從總部那裏，查到了辛博諾母親的名字，是全名，如果去喊這個名字，你們認為會發生什麼……」

我説出了我的計劃，張琳和西恩都興奮地表示贊同。按照我的計劃，我們先來到了阿瓦爾住的那所房子下，張琳和西恩站在一邊，我走了過去。

「你，有什麼事？」房子門口有個士兵，攔住了我。

「我找阿瓦爾隊長，就是那個新來的隊長，他在嗎？」我問道。

「在是在，但是你有什麼事？」士兵看着我説。

「是這樣，我所在的十五小隊，隊長有點兇，而且，我的幸運數字不是十五，而是五，所以我想調到第五小隊去。」我笑嘻嘻地説。

「什麼？你的幸運數字？」那士兵有些生氣了，「這都是什麼理由呀？快走，為這事打擾隊長，小心抽你皮鞭。真是個僱傭兵，沒一點規矩……」

「好吧，好吧。」我擺擺手，「不讓見就不見，還要打我呀，哎……」

我歎着氣，來到了房子旁邊，張琳和西恩都在那裏等着。

「阿瓦爾就在房子裏，應該是在二樓房間，我看到一樓房間裏都是士兵，他是隊長，應該在二樓

單獨的房間裏。」我一回來，連忙說道。

「那麼演出就要開始了。」西恩點點頭，隨即看看張琳，「女主角，請吧。」

張琳很是嚴肅地點點頭。轉身走了，她從房子旁邊繞出去，經過門口站崗的士兵，站在房子的另外一邊。

我隨即也繞了出去，我在房子的這一邊，沒有再移動。我對着房子那一邊的張琳招招手。

「愛麗絲索肖——」我大喊一聲。

「嗨——」張琳對我招招手。

我站在那裏，微微抬頭看看二樓，二樓左邊的窗戶開着，右邊的也開着，不過此時一點動靜都沒有。我轉身走到一棵樹後，向房子旁邊看了看，對那裏的西恩點了點頭。

西恩也點點頭，隨即從房子旁邊走了出來，他看到了張琳，向前走了兩步後停下，他的上方是二樓左邊的窗戶。

「貝翠思奧利安娜——」西恩大聲地喊着，並使勁揮手，「貝翠思奧利安娜——」

「嗨——」張琳也向西恩揮手。

「貝翠思奧利安娜——」西恩繼續喊着。

我在樹後，觀察着窗戶。這時，阿瓦爾猛地從左邊窗戶探出半個身子，先是看看下面，又向張琳那邊看了看。

「誰在喊？是誰？」阿瓦爾大聲對下面說，二樓窗戶下面，只有西恩一個人。

「是我呀。」西恩抬着頭說。

「在那裏等着——」阿瓦爾大聲說。

沒一會，阿瓦爾下到樓下，衝着西恩就跑來。這時，張琳也走了過來。

「報告，打擾您休息了，對不起。」西恩看到阿瓦爾下來，立即立正。

「你剛才喊誰呢？誰是貝翠思奧利安娜？」阿瓦爾有些急切地問。

「她——」西恩指着張琳，「我們都是炊事分隊的，我找她有事。」

「東方人？」阿瓦爾驚奇地看着張琳。

「沒錯，她是東方人，名字叫張琳。」西恩立即說，「但是到了我們這裏，住下來後，起了很多本地名字，有時候叫貝翠思奧利安娜，有時候叫愛麗絲索肖。」

「報告，我一直在尋找適合自己的名字，但是總是不確定。」張琳立正說，「這些名字我都喜歡，都很美麗……」

「行了，我知道了。」阿瓦爾瞪着西恩，「今後不要亂喊，這是我休息的地方。」

「是。」西恩連忙說。

「你，快點找個名字，不過貝翠思奧利安娜不適合你。」阿瓦爾轉而看着張琳，「一個女孩子，也跑來打仗，法軍真是沒人了嗎？」

「我也不想呀，我是被拉進來的，讓我當僱傭

軍，燒飯的僱傭軍，人手不夠的時候幫着打仗。」
張琳很是委屈地説。

「立正後解散──」阿瓦爾大喊着，「真是囉嗦──」

張琳和西恩立即立正，隨即一起快步離開。阿瓦爾看着他倆的背影，很是不高興地轉身走了。

我們三個再次在磨坊匯合，張琳和西恩此時都有些激動。

「你這個主意太好了，測試成功，他就是辛博諾。」西恩看着我，斬釘截鐵地説，「對『貝翠思奧利安娜』這個名字太敏感了，你喊『愛麗絲索肖』他就沒有這麼大反應。」

「就是，還不讓我叫『貝翠思奧利安娜』這個名字呢，這就是他媽媽的名字。」張琳也附和着説。

「他説，『法軍真是沒人了嗎』這句話，明顯把自己和法軍區分開了，因為他根本就不是真正的

法軍。」我剛才聽到阿瓦爾的這句話，很是在意，「他和我們一樣，是穿越來的。」

「他倒是厲害，一下就當上了隊長了。」西恩很是憤憤不平地說，「我卻要去燒飯。」

「而且還很難吃。」我接過話來，「真的，你們炊事分隊的飯真的非常難吃。」

「很難吃嗎？」西恩很是不滿地瞪大眼睛，不過隨即低下頭，「嗯，確實有點難吃……」

「不要總想着吃，凱文，接下來我們該怎麼辦？」張琳的心思一直在任務上，「要把那個假阿瓦爾真辛博諾抓回去。」

「現在辛博諾冒充軍官，而且是這個法軍大隊的隊長，我們要是去抓他，這個大隊的三百人會一起來和我們拚命，我們可對付不了。我們也沒辦法解釋他們的隊長是假冒的。」我想了想，「所以不能硬來，我們還是要智取，我看，今天凌晨，全體人員睡得最熟的時候，我們爬到二樓去，把假阿瓦

爾抓走，出了村子，我們就穿越回去。」

「可以，這個辦法可以。」西恩和張琳立即贊同，西恩比劃着，「現在天氣有點熱，假阿瓦爾的那個房間一直開着窗，我們爬上去進屋也方便。」

「那所房子門口有衛兵，要想辦法不驚動衛兵……」張琳忽然想到一個問題，立即提了出來。

天漸漸黑了，我們各自歸隊，張琳和西恩的炊事分隊和我的第十五小隊的房子距離不遠。晚上十點，所有的軍官和士兵準時休息。我和兩個伙伴約定，上半夜休息，我們都把各自手錶設置了震動提醒。午夜三點，這個時候就是人們睡得最熟的時候，這也是我們行動的時刻。

忙碌了一天，我有些疲乏了，在我們小隊的房子裏，我很快入睡。午夜三點，我的手臂感到了微微顫動，這是手錶在提示。我連忙起來，整個房間裏，鼾聲四起，那些士兵都睡得很熟。我悄悄地下了牀，隨後慢慢地溜出大門。

我們這個小隊沒什麼軍官，所以也沒人站崗。出了門，我快速向磨坊跑去，那是我們約定集合的地方。

　　「是凱文嗎？」快走到磨坊，西恩的聲音傳來，雖然很近，我看不清他的臉，這是一個陰天的夜晚，沒有月亮和星星，我來到磨坊這裏，也是憑着感覺，還好這段路比較好走。

　　「西恩，張琳──」小聲地叫着。

　　「嗨──在這──」張琳的聲音傳來，我的手臂忽然被人抓住，我一驚，看到身邊有一個黑影，她正是張琳。

　　「嚇了我一跳，今晚怎麼這麼黑呀？」我說道，隨即看到正面有個黑影，正是西恩。

　　「沒有辦法，不過這樣也能掩護我們。」西恩說，「假阿瓦爾房子門口可是有個衞兵的。」

　　「最好睡着了，否則……」張琳小聲地說，「……先把衞兵解決掉。」

我們三個向阿瓦爾的房子走去，很快，我們接近了那所房子。房子二樓的左邊房間，就是假阿瓦爾的房間，傍晚的時候他就是從那裏伸出頭來和下面的西恩説話的。

「……法軍好，法軍棒，法軍士兵閃閃亮……英國佬笨，英國佬呆，被我們一抓一大隊……」前面，有個衞兵低聲吟唱、類似童謠的的聲音傳來。

衞兵並沒有我們預期的那樣，抱着槍坐在地上熟睡，還在那裏輕聲吟唱。張琳拍拍我，拉了拉西恩，我們會意地停下。

張琳順着聲音的方向，在黑暗的夜色裏摸過去，衞兵是背對張琳的，一點沒有察覺。張琳來到衞兵身後，高舉起手掌。

「委屈你了——」張琳小聲地説，隨後手掌猛掃過去，打在了衞兵的脖頸上。

衞兵哼都沒哼一聲，當即昏迷倒地。他要一個小時後才能蘇醒過來。張琳轉身回來，我們三個在

夜色中只能看到對方的黑影。

「我們上去。」張琳拍了拍我和西恩，指了指二樓的窗戶。

我們三個來到樓下，一樓的窗戶也是開着的，裏面還傳出打鼾聲。西恩把一樓的窗戶關上，我們隱約能看到，二樓窗戶開着。

我和西恩手心向上，做出托舉動作，張琳踩在我們的手心上，扶着我們的頭，我和西恩一起用力托舉，張琳順勢一跳，雙手扒在了窗台上，隨即翻進了房間。

這是一個獨立的臥室，牀那邊有鼾聲傳來。張琳小心地摸索過去，房間裏非常暗，幾乎是伸手不見五指。張琳極小心地順着聲音來到牀邊，假阿瓦爾還在酣睡。張琳看到了他的頭。

「你這個冒充的——」張琳舉手劈下去，一拳打在假阿瓦爾脖子上。

CHAPTER 5

手錶又被搶走了

假阿瓦爾當即昏迷過去，和那個衛兵一樣，如果無人救助，他要一小時後才醒過來。張琳把他抱起來，來到窗邊。我們可是超能力者，抱起一個成年人或者更重的物件，一點都沒有問題。

「接着他——」張琳對樓下小聲地喊着。

我和西恩立即伸手，做好了準備。張琳把假阿瓦爾舉起來，扔出窗外，假阿瓦爾直直地掉下來，我和西恩立即接住他的上身和腿，沒有摔到他。而假阿瓦爾始終處於昏迷狀態，完全被我們擺布。

張琳翻身上了窗台，她縱身一躍，從二樓跳了下來，由於距離較高，她落地後順勢一滾，隨即站立起來。

「走吧。」張琳對我和西恩説。

很輕鬆地抓到了假阿瓦爾，也就是我們的目標辛博諾。我們都很高興，張琳在前面探路，我和西恩抬着假阿瓦爾，一路向村子外跑去。

很快，我們來到村口，兩個衛兵抱着槍，每人靠着一棵樹，呼呼大睡。這兩個衛兵倒是都睡着了，正好利於我們通過，否則又要張琳上去打暈他們。此時，張琳監視着兩個熟睡的衛兵，我和西恩抬着假阿瓦爾，一路猛衝，很快就跑出了村子。

我們一口氣跑出去兩百多米，因為實施穿越前要製造出微微發光的穿越通道，我決定再向前跑兩百米，這樣村子裏有人醒了，也看不見我們的穿越通道，減少不必要的麻煩。

又跑了兩百多米，我們停下，此時，我們也不需要低聲地說話了。

「好了，就在這裏吧。」我看了看四周，這一片地方並不是田野，而是一片樹林。

「我來找個合適的穿越地點。」張琳說着看看

四周。此時，天色已經略有點亮了，比剛才伸手不見五指的情況要好一些。

張琳説着調亮了手錶，用手錶散發出來的光線照明。

「快點去，這傢伙快要醒了。」我和西恩把假阿瓦爾放在地上，我借着張琳手錶上的光看了阿瓦爾一眼。

我呆住了，因為我發現了異常情況，張琳已經走了，我連忙把自己的手錶光線調亮，照亮了假阿瓦爾。

西恩也呆住了，他也用自己的手錶照亮。我們兩個都看見，假阿瓦爾根本就不是辛博諾，他是布德男爵，沒錯，我們認識布德男爵，他是我們這個大隊的副隊長。

「張琳——錯啦——快回來——」西恩激動地喊着。

張琳連忙跑了回去，我舉着手錶，照在布德的

臉上，布德還昏迷着。這回輪到張琳吃驚了，她當然也認出這是布德，絕對不是辛博諾。

「你怎麼抓來的？你分不清布德和假阿瓦爾嗎？」我抱怨着。

「我……」張琳張口結舌地，「我當然分得清，可是天黑，我什麼都看不清，那個房間只有他一個人，傍晚假阿瓦爾還從窗戶裏把頭伸出來呢，你們都看見了。」

「哎呀——」布德的身子微微動動，隨後呻吟了一聲。

「問問他是怎麼回事。」我説着開始用力搖晃布德，「喂，喂，你醒醒——」

「哎呀——哎呀——」布德呻吟了兩聲，被我搖晃醒了，他先是微微睜開眼，隨後瞪大眼睛，看着我們，「我、我怎麼在這裏？啊呀，我的脖子很疼呀……」

「布德副隊長，請問你怎麼在阿瓦爾隊長的

房間裏？」我急着問，「你不是在另外一個房間嗎？」

「隊長說他的牀不舒服，就和我換了一個房間。」布德愣愣地說，「有什麼辦法？他是隊長，我們都要聽他的⋯⋯我怎麼在這裏⋯⋯」

原來如此，這件事真的不能怪張琳。她不可能知道假阿瓦爾睡前和布德換了房間。但是事實上的結果就是，我們把布德帶來了，假阿瓦爾還在牀上睡覺呢。

「怎麼辦？」西恩在一邊，也很着急，「我看我們回去，把辛博諾抓來，趁着現在天黑⋯⋯」

「那他怎麼辦？」張琳指了指布德。

「抓來辛博諾就讓他自己回去，我們先把他綁在這裏。」西恩出主意說。

「我看也只能這樣了。」我點了點頭，好像只有這個辦法了。

「你們——」布德此時大叫起來，「你們說什

麼呢？還敢把我綁在這裏？我是你們的副隊長，你們這幾個小兵，還是僱傭兵，居然敢綁我？你們不想活了嗎？」

「你不懂，委屈你了。」張琳説着從口袋裏拿出一根繩子，「不但要綁着你，還要把你的嘴堵上呢。」

「你們——」布德大叫着，想要爬起來。

我和西恩很是輕鬆地就把他壓制在地上，張琳動手去捆布德，幾下就把布德捆了起來。

「我要把這件事報告給隊長……」布德雖然被捆住了，但是依舊大喊着，「你們會被軍法處置——」

「我看看，怎麼把他的嘴給堵上。」張琳説着看看四下。

正在這時，四周一陣騷動，我們的身邊出現了幾十個弓箭手，全部張弓搭箭對着我們，另外還有幾十個長槍兵，舉着槍對着我們。

「哈哈哈，這回你可跑不了了，本來是去偷襲

法軍的，沒想到遇到你這個叛徒——」坎貝爾隊長大笑着從弓箭手中走出，他手持一把長劍，看着我們，「竟敢把我打倒，還造成村子的丟失，國王陛下的叛徒，今天我就要殺了你。」

我瞪大了眼睛，包圍我們的是英軍，為首的是坎貝爾隊長，很多弓箭手我都見過，這就是我曾經參加過的肯特軍團的槍騎兵大隊。

張琳和西恩也很驚訝，布德被捆着，坐在地上，也瞪大了眼睛。張琳在找機會，西恩也是，他倆想硬拚。我則壓低聲音。

「不要亂來，他們人多，射過來的箭我們躲不開。」

「説什麼呢？死期到了。」坎貝爾舉着劍就走了過來。

「等一下……」我擺了擺手，隨後指着地上的布德，「坎貝爾隊長，你看看，被捆着的是誰？」

坎貝爾先是愣了一下，隨後看着布德，布德也

看着他。

「隊長，這是我們的老對手了，法軍的布德男爵，他們第二軍團第一大隊的副隊長。」一個持長槍的衞兵在坎貝爾的身後說，他有些胖，「我們幾次對陣了，我知道他。」

「嗯？」坎貝爾完全愣住了，在戰場上，他也是看過布德的，只是沒怎麼記住，經過提醒，他也認出了布德。

「不把你拉下馬，怎麼混進法軍？不混進法軍，怎麼能抓到他們的一個副隊長？你抓住過隊長或者副隊長嗎？他可是男爵，你抓住過法國的男爵嗎？」我一口氣地說，我的語氣是咄咄逼人的。

「啊？」坎貝爾更加吃驚了，他瞪大眼睛，一時手足無措。

「哇，你是間諜——」布德對我大喊着，「沒看出來你呀——」

「對，我是間諜。」我連忙表示承認，隨後指

着張琳和西恩，「他倆也是，他們都是我的同鄉，蘭開夏郡的，是我安排進法軍的，配合我抓住了他們的副隊長。哎，本來我們還想把隊長抓來呢，可是他們換房間了，天太黑我們沒看清。」

「啊——啊——」張琳和西恩跟着點頭，他倆完全配合我，只有這樣，才能脫身。如果硬拚，我們是超能力者，每個人拚十個對手是沒問題的，但是對方有近百個呢。這點張琳和西恩也明白，我們的處事也要隨機應變。此時，張琳和西恩說話又轉成了英語，「我們是潛入法軍的，我們是……間諜。」

「隊長，這兩個孩子的口音確實是蘭開夏郡的，我外婆就是那裏的人。」胖衞兵又說。

「知道，我知道你外婆是蘭開夏郡的！」坎貝爾沒好氣地轉頭說，「不要亂插嘴。」

胖衞兵連忙閉嘴。坎貝爾則有些尷尬，不過他舉着的長劍總算是放下了。

「你，有這樣的計劃，為什麼不和我説一聲？」坎貝爾瞪着我，「摔得疼死我了，還害我們丟了剛搶到的村子。」

「一個小村子算什麼。」我擺了擺手，「隊長，你想想呀，我要是和你商量，演戲就不真實了，會被法國人看出來的，他們才不會讓我參加他們的軍隊呢，我也就沒辦法抓到這個副隊長了。」

「誰説的？我演戲可好呢……」坎貝爾説，他忽然擺擺手，「哎，哎，怎麼説到演戲了……」

「反正你看吧，貨真價實的法軍副隊長，被我們捆住了。」我指着布德説，「這總不假吧？請看清楚。」

「隊長，這孩子是我們的大英雄呀，我們抓的那個人現在也不承認自己是法軍軍官呀，這孩子可是抓到一個貨真價實的法軍軍官，還是個副隊長呢。」胖衞兵説。

「閉嘴，能不能不説話？」坎貝爾轉身大喊起

來，「就你話多。」

　　胖衞兵縮縮脖子，又不説話了。

　　「哈哈，拿走了我的水晶球，這個怎麼説
呀？」坎貝爾突然看着我那發亮的手錶，「原來
我的水晶球還能發亮呢，可真亮呀，比蠟燭亮多
了。」

　　「這是我的。」我急了，坎貝爾又盯上我的手
錶了，這可是我的重要通訊工具。

　　「你是我的士兵，你都是我的，你的水晶球
當然也是我的。」坎貝爾上前兩步，伸手抓我的手
腕，要把水晶球搶走。

　　我掙扎了幾下，但是面對近百名弓箭手和長槍
兵，我知道抵抗是沒有用的，我只能讓坎貝爾把手
錶搶走，同時，我示意着張琳和西恩，我看出他們
顯露出抵抗的意思了，不過還好，他們能明白我的
意思，都沒有動手。

　　「哈哈哈……」坎貝爾説着把手錶戴在手上，

隨後，他狡猾地看着張琳和西恩，「你們兩個也有水晶球，我都看見了，快給我交出來，省得我動手——」

張琳和西恩互相看了看，隨後又看看我。我只能無奈地點點頭，他倆很不情願地把手錶摘了下來，遞給了坎貝爾。

坎貝爾又是一陣狂笑，他把我的手錶戴在右手上，把張琳和西恩的手錶戴在了左手上。我們都沒有來得及熄滅水晶球上散發的光，就被坎貝爾搶走了。此時，手錶在坎貝爾兩隻手臂上閃閃發亮。

「今後就不用蠟燭了，這是寶物呀。」坎貝爾得意地看着自己的手臂。那些士兵也很是驚奇地看着坎貝爾戴着的手錶。

「報告——」弓箭手中，一個軍官模樣的人站出來，「我們還去偷襲法軍奪回村子嗎？這可是司令部的命令。」

「不能去了。」坎貝爾搖了搖頭，他指着遠處

有些發白的晨光，「天就要亮了，沒辦法偷襲了，我們走過去就會被發現的……來人，記一下我的話，送交軍團司令部……」

有個士兵連忙走過來，拿出了一張紙和炭筆，準備記錄。

「尊敬的元帥司令官閣下，今日偷襲行動被法軍哨兵發現，所以未成功，但是職下精心策劃安排的小間諜……」坎貝爾說着看看我，「你叫什麼？」

「凱文。」我低聲說。

「啊，凱文……職下精心策劃安排的小間諜凱文，在另外兩個職下安排的小間諜的協同下，捉拿到法軍第二軍團第一大隊副隊長布德男爵，創造了一個驚人的戰績。」坎貝爾搖頭晃腦，得意地說，「請給我黃金獎勵，越多越好，我能拿得動……」

那個士兵記錄下坎貝爾的話，坎貝爾叫他立即送往軍團司令部。

「這下賺到了，抓了一個男爵，還搞到三個發光水晶球……」坎貝爾很是高興，他看看我，「你把我拉下馬的事情，就算了。你們三個，今後在我們槍騎兵大隊當兵，還是去炊事分隊，人手不夠的時候幫忙打仗，現在你們三個把這個男爵押着，跟我們回去了。」

坎貝爾的話剛説完，那些弓箭手全部收起了弓箭，長槍兵們也扛起槍，開始整隊。我則走到布德身邊，拉着綁住布德的繩子。

「先委屈你一下，會找機會把你放回去的。」我壓低聲音説。我們來這裏的目的當然不是要把布德抓回去，更不是幫着哪一方打仗，我們不會傷害布德，他也應該回到他應該去的地方，我們不想也無法改變歷史。

布德很是疑惑地看看我，他當然不知道到底發生了什麼。我相信此時的他對我們是極不信任的，可我也不想和他多解釋什麼。

「怎麼還是燒飯的兵？在法國人那裏我就是燒飯的，怎麼到了英國人這裏還燒飯，我燒飯又不好吃⋯⋯」西恩在一邊抱怨着，自從他聽説自己被安排進炊事分隊，就很不高興。

「走啦。」張琳推了推西恩，「説這些有什麼用？」

「我覺得我能當隊長。」西恩繼續抱怨着，不過轉身跟上我們。

長槍兵在前，我們押着布德走在中間，弓箭手們在後面，他們有一半多騎着馬。坎貝爾得意地騎在馬上，看着閃閃亮的手錶，還不時地把手舉起來，照亮前面的路。

「我們這是去哪裏？」我看着大隊一路向北，走到一個長槍兵身邊問道。

「蘭布林鎮，我們的大本營呀。」那個長槍兵説。

「是不是靠近加萊？」我又問。

「對，靠近加萊。」

我明白了，英法百年戰爭的時候，法國北部的加萊被英軍奪佔，以那裏為核心，將其周邊村鎮一起建造了一個大本營，進可攻擊法軍，退可以此防守，還能安全地接收從英國本土送來的兵源和物資。

此刻，我無時無刻不在盤算下一步的打算。目前只能跟着這隊英軍走，唯一一點能讓我們安心的是，假阿瓦爾——真辛博諾，此時就在不遠處的尚松森村冒充法軍的隊長。他在那裏冒充隊長，對他來說，比偽裝成村民在戰地亂跑更加安全。他還會在那裏，我們則要想辦法從這個槍騎兵大隊溜走。

大隊人馬趕回大本營的時候，天基本上亮了。蘭布林鎮本來是一個普通的法國小鎮，此時這個小鎮的村民早就四散而逃，完全變成了英軍的兵營。這裏就是這支槍騎兵大隊的駐地。我們到了以後，一個士兵引導着我們，把布德送去地牢關押，那裏

是關押法軍俘虜的地方，聽士兵講，那裏現在關押着三個沒有明確身分的法軍。

「沒有明確身分的法軍？」我想了想，很是疑惑，「啊，不會是抓了三個村民冒充法軍吧？坎貝爾會這麼幹的。」

「不是，真的不是。」那個士兵搖搖頭，「是一個法國村民來舉報的，説是通往尚森松村的樹林裏有三個法軍在休息，一個是法軍第二軍團第一大隊的大隊長，兩個是他的衛兵，讓我們去殺了他們三個，我們抓住了那三個人，兩個確實是法軍士兵，可另外一個人沒穿軍裝，身上也沒有什麼文件能證明身分，三個人都説自己是村民，士兵服裝是偷來的。我們不相信他們的話，但是也沒什麼證據，坎貝爾隊長覺得他們可能是法軍逃兵，就按照被俘法軍的身分帶回來了。」

「第二軍團第一大隊大隊長？」聽了士兵的話，我警覺起來，原先的大隊長戰死了，後來的大

隊長是阿瓦爾，尚森松村的那個是假的，難道這裏這個是真的？我看看張琳，張琳也一樣困惑。

「舉報的人說的，後來這人也不知道跑到哪裏去了。」士兵聳了聳肩。

CHAPTER 6

地牢裏的三個人

我們來到一所大房子，大房子有兩個士兵把守。帶我們來的士兵讓我們跟着他，進到大房子裏，我們下樓梯，直接來到地下室，這裏被改造成了地牢，有好幾個房間，每個房間都由粗粗的木柵欄封閉着。地牢裏點着好幾支大蠟燭，因此顯得並不昏暗。

一個牢房裏，有幾張破牀，裏面坐着三個人。兩個穿着法軍士兵軍裝，另外一個穿着貴族的衣服，但是沒有穿軍裝。三個人都看着我們。

「不是，我不是什麼大隊長，我就是一個麵包房老闆。」穿着貴族服裝的人揮着手大喊着，説着，他看看兩個士兵，「他倆證明我是老百姓。」

「對，他是老闆，是平民，不是大隊長。」兩

個士兵一起說，「我們能證明。」

「我證明他倆是村民，養牛的。」穿貴族服裝的人說，他們和我們說話的時候，全部說法國口音很重的英語，「士兵衣服是偷來的。」

「你們這樣互相證明沒用的。」帶我們來的士兵搖了搖頭，很是無奈地說，「再說，我不是來審問你們的。」

說着，士兵拿着守衛士兵給的鑰匙，打開了牢門。

「你，進去。」士兵推了布德一下，隨後，看了看裏面的三個人，「貨真價實的來了，法軍第二軍團第一大隊的副隊長。」

「我現在說自己是磨坊老闆還來得及嗎？」布德回頭看看那個士兵，問道。

「來不及了。」士兵又推了布德一把，「快進去吧。」

布德很不情願地走了進去，隨後垂頭喪氣地坐

在牀上。原來的三個人都吃驚地看着布德，他們誰都沒説話，我在柵欄前看着他們四個人。

「好了，完成任務了。」帶我們來的士兵説，「走吧，還在這裏幹什麼？」

「好，好。」我們答應着，跟着那個士兵離開地牢，不過我一邊走，一邊扭頭看着裏面的四個人。

來到地面上，士兵去自己駐紮的房子了，他讓我們去炊事分隊報到，並且指了炊事分隊的位置。

我看着那個士兵遠走，隨後把張琳和西恩拉到一邊。

「被抓住的三個人，全都説謊，隱瞞自己的身分，他們全都是法軍。」我很是緊急地説道，「士兵和軍官常年戴鋼盔，經過日曬，額頭上部有一條顏色分界線，被鋼盔包裹住的地方發白，裸露被照射的地方是黑的，三個人都是軍人，穿着貴族衣服的是軍官，另外兩個是士兵，這是根據法軍軍官和

士兵鋼盔的不同推斷出來的。英軍也不相信他們，所以沒有放了他們。」

「隱瞞自己的身分？」西恩問，「不被確認為法軍，就會被釋放，是這樣吧？」

「是的。」我點點頭，「不過對我們來説，那三個人是法軍，不是最關鍵的，那個穿着貴族服裝的人，很有可能就是阿瓦爾！真正的阿瓦爾！」

「對呀，剛才帶我們來的士兵説了，三個人是被法國村民舉報才被抓的，其中一個是法軍第二軍團第一大隊大隊長，不就是阿瓦爾嗎？」張琳很是激動地説。

「而且那個村民後來不見了，我想應該就是辛博諾，他先是舉報了阿瓦爾，隨後自己冒充阿瓦爾。」我進一步推斷説，「不過這要先確認了地牢裏的人是真的阿瓦爾才行。」

「那怎麼才能確認呢？」西恩繼續問，「他們不會承認的，他們可是認為我們是英軍。」

「會有辦法的，我覺得現在地牢裏的四個人已經相認了，布德可是貨真價實的副隊長，而真阿瓦爾是去給他當隊長的。」我聳了聳肩，「他們沒想到會在地牢裏相見。」

「那我們什麼時候逃走呢？我們還要抓辛博諾呢。」張琳說着指着不遠處的哨卡，「這可是個堡壘，沒那麼容易溜出去的……」

我也看了看哨卡那邊，這個鎮子周圍都被高高的木柵欄圍住了，每隔幾百米還有塔樓，上面有士兵站崗。

「哎，手錶也要拿回來……全是問題呀，這裏確實不好出去。」我的語氣有些沉重，「即便是出去，我們去抓辛博諾，他現在的身分是阿瓦爾隊長，一大羣人保護他，十幾、二十個我們好對付，可是那個大隊有三百人呢，很困難呀……」

「快點想辦法呀，分析大師。」西恩着急地說。

「等一下，我要理清思路……」我說道，忽然，我看到不遠處冒着炊煙的房子，「啊，我們不能一直在這裏，我們現在是英軍的僱傭兵，我們要去炊事分隊報到。」

我帶着張琳和西恩前往炊事分隊，廚師長看到我回來，倒是很高興。當然，他也很是驚奇，一是我那天把坎貝爾拉下馬，還打倒了兩個坎貝爾的衞兵，第二就是他也聽說了，這居然都是我為了混進法軍的計謀，目的是抓回法軍的軍官。

我也不想多解釋，只是傻笑，我把張琳和西恩介紹給了廚師長，大家都能看出來，廚師長是個非常老實、和善的人。

「你這麼厲害，坎貝爾隊長應該讓你去他的手下當武士，怎麼會派來燒飯呢？」廚師長還有一個不明白的地方。

「害怕我再把他揍一頓吧。」我笑着說，我估計這種可能性是絕對存在的，從眼神可以看出來，

坎貝爾比較怕我。

「哈哈哈，是的，應該是這個原因。」廚師長點着頭，大笑着，「好了，那就在我這裏幹吧，去前線打仗其實很危險的，不如在我這裏燒飯，比如剛才，大半夜的，他們奉命去偷襲法軍，我們炊事分隊就不用去。」

「嗯，燒飯好，燒飯好⋯⋯」我連忙接過話說。

「不要再鬧出什麼大麻煩就行。」廚師長意味深長地看着我們，「可我看你們，好像還是會鬧出麻煩，你們可真不像是蘭開夏郡的孩子。」

「幹活了——幹活了——」我連忙轉移話題，「廚師長，我們該幹什麼？燒水嗎⋯⋯」

廚師長給我們安排了砍柴的工作，我們三個在後院裏，把一根根的樹枝砍成木柴。我一邊幹着活，一邊想着下一步的打算，很快，一個計劃在我腦海裏形成。不過具體的實施，還要看地牢裏那幾

個被抓住的法軍的配合度了。

我們砍好柴，又去燒了水，炊事分隊其他人也忙碌着，我們花了將近兩個小時準備好午飯，廚師長敲響了開飯的鐘。士兵們紛紛前來吃飯，坎貝爾的飯是西恩專門端過去的，西恩説坎貝爾一直戴着閃閃發亮的手錶，很是高興。把手錶搶回來，也是我們必須完成的，沒有手錶，我們無法聯繫到總部，無法穿越回去。

我也吃了午飯，非常難吃的午飯。隨後，我在鎮子裏四處走動，看似閒逛，實際上是觀察逃走的地形。鎮子東面的哨卡似乎管理是最鬆懈的，別處哨卡都有兩個士兵把守，這裏只有一個士兵，而且旁邊塔樓上的士兵，也不像其他塔樓士兵一樣，站在那裏，瞭望遠方，這個士兵總是坐在塔樓裏。我暗自記下這些情況。回到了炊事分隊。

張琳和西恩剛剛洗好碗，把碗都堆放起來。看到我回來，張琳不滿意的表情展露出來。

「我知道你是分析大師，可我也是攻擊大師，這麼多的碗要我和西恩洗，我們現在都是洗碗大師了……你幹什麼去了？」

「去展露專長了，去分析了。」我笑着說。

「有結果了嗎？」西恩的手上還都是水呢，他洗碗倒是很賣力。

「有了。」我點點頭，「一切要先讓那個真阿瓦爾承認自己的身分，這是一切的基礎。」

「怎麼讓他承認？」西恩連忙問，「他可是一直到現在都沒有向英軍說自己是誰。」

「有些管用的招數，我不介意用第二次或者是第三次，只要管用。」我看看兩個伙伴，「地牢裏的飯還沒有送吧？」

「還沒有，廚師長說地牢裏的俘虜吃剩飯，過一會找人送去。」張琳說。

「不用找人了，就我們三個吧。」我很是滿意地微微一笑，「正好沒什麼理由去那裏呢。」

「你有什麼招數？快點告訴我們。」西恩在一邊，繼續急着問。

「你們兩個也要配合好，過一會展露你們攻擊大師和防禦大師的機會也會來的……」我向兩個伙伴説出了自己的計劃。

每天，地牢裏的俘虜都吃剩下的飯。廚師長已經把剩飯都盛到一個桶裏，到時候他會指派一個炊事兵把飯送過去。我們走過去，説去送飯，廚師長連忙表示同意，這樣他也不用再去找別人送了。

我提着一個桶，裏面都是剩飯，張琳拿着四個碗和吃飯勺子，西恩則提着一桶水。我們來到地牢的房門前，我説明是來送飯的，要了牢門的鑰匙，我們下到地牢。

一進去，我就觀察着四個人，他們顯然是餓壞了，一起撲到柵欄前。

「喂，怎麼這麼晚才來？」布德大喊着，「想餓死我們嗎？」

「別着急呀，這不是來了嗎？」我把桶放在地上，但是並沒有打開牢門，桶很大，不打開牢門通過柵欄是塞不進去的，「都被抓住了，還那麼兇。」

「喂，小間諜，你現在也不過是個燒飯、送飯的。」布德居然嘲諷起我來，「那麼厲害，我還以為你能當英軍的司令官呢。」

「後退，都後退，別沒有規矩——」我大喊着，指揮着他們，「靠牆站着去——」

「為什麼靠牆站着？」穿着貴族衣服的人叫了起來，「以前不是這樣的。」

「我送飯就這樣。」我説着用勺子敲了敲桶，「想不想吃飯呀？靠牆站着，一個一個來，我叫到誰，誰就過來吃飯，否則我就走，飯桶也拿走。」

「不要——」四個人立即大喊，隨即全部順從地退到了牆邊，舔着舌頭看着飯桶。

我打開了牢門，提着桶進去。張琳和西恩站在我身邊，我放下桶，看了看那四個人。

「布德，你擠什麼？我叫到你了嗎？」我指着布德，布德連忙向後退了半步。

四個人並排，看着飯桶。

「阿瓦爾，你先來。」我指了指穿着貴族衣服的人。

「好，好──」那人說着就向我這邊走來，不過走了幾步，布德上前幾步拉住了他。

穿貴族衣服的人也意識到了什麼，他瞪着我們。

「他不是阿瓦爾。」布德先說道。

「對，我不是。」穿着貴族衣服的人附和地說。

「你就是阿瓦爾子爵！」我立即說，「你是法軍第二軍團第一大隊的大隊長，你是前往第一大隊擔任這個職務的時候，被英軍抓住的，拉着你的，是副隊長布德男爵，另外兩個人，是你的衞兵，一起被英軍抓住的。」

「我……」阿瓦爾轉頭看着布德，「被發現

了，怎麼辦？」

「我、我、我幫不了你了。」布德有些氣急敗壞地，「你這麼説，不都等於承認了？」

一切都清楚了，我的判斷沒錯，這個人是真正的阿瓦爾，我計劃的第一步是確認真正的阿瓦爾，目的達到了。突然在阿瓦爾毫無戒備的情況下唸出他的名字的辦法，令他猝不及防。

「好了，第一大隊的正副隊長，全都被抓住了。」我先是顯得很無奈地説，不過隨即看看布德，「布德，我説過了，先委屈一下你，你是無辜的，我們會把你放回去的。」

「哼，不要騙我了，又有什麼壞主意吧？」布德挺直了腰，「我不會相信你的，你也不要想什麼壞主意了，我不會上當，我和阿瓦爾隊長也不會向你們投降的，殺了我也不投降。」

「對，殺了你我也不投降。」阿瓦爾連忙説。

布德看看阿瓦爾，翻了翻眼睛。

CHAPTER 7

衝出鎮子

「布德，現在看你和你真正的大隊長已經相認了，你的身分是明的，隱藏身分的阿瓦爾看到了你，也知道你的身分，剛才我們走後你們就相認了。對不對？」

布德和阿瓦爾都沒說話，全都低着頭。

「布德，看上去你相信他們是真的阿瓦爾和他的衛兵，所以，你很清楚，在尚森松村的那個阿瓦爾是個假冒的，我說得沒錯吧？」我盯着布德說。

布德還是不說話。

「布德，你和我們之間，有仇恨嗎？我們為什麼要坑害你？」我繼續說，「的確，你是我們帶出來的，可是我們真正的目的，是抓假阿瓦爾，但是你和假阿瓦爾換了房間，結果我們把你抓來了。告

訴你，假冒阿瓦爾的傢伙不僅僅是冒充別人這麼簡單，他是個罪犯，我們一定要抓住他。」

「我就説他一定不是什麼好人——」這時，阿瓦爾大叫起來，「居然敢冒充我阿瓦爾子爵，我饒不了他——」

「你們……到底要幹什麼？」布德終於抬起頭，看了看我。

「抓假阿瓦爾，把你送回去，因為你被誤抓來，我們有責任，所以還要把你送回去。」我飛快地説，「現在我想先知道，你看起來已經和阿瓦爾相認了，你們不是沒見過嗎？是通過什麼方式……」

「他和我都在里昂軍團擲彈手大隊待過，當時我是二分隊分隊長，他是四分隊士兵。」布德指着一個阿瓦爾的衛兵説，「我進來就看着他眼熟，你們走後，我們一説話，就發現互相認識，沒什麼互相隱瞞的了，他告訴我阿瓦爾子爵就坐在我面前，

我當然相信了。」

「我叫居埃爾，我是阿瓦爾子爵的衞兵，第二軍團第一大隊裏，我不僅認識布德副隊長，還認識另外一些人。」叫居埃爾的衞兵説，「如果你們能帶我們去，那裏的人會認出我來的，我沒撒謊。」

「明白，我全明白。」我點點頭，「那麼，你們是怎麼被出賣的？英軍怎麼會把你們抓走。」

「我奉司令部命令，前去擔任二軍團第一大隊大隊長，半路上迷路了，就問了幾個在樹林裏避難的村民，我們表明了自己的身分。」阿瓦爾解釋起來，他越説越有點生氣，「其中有一個，對我們特別熱心，讓我們等着，他先是弄了些水來給我們喝，可是把半桶水都灑在我的軍裝上，然後他讓我脱下軍裝，説幫我去晾乾，還説要去附近村子拿點吃的來，然後就捧着我的衣服走了，結果過了一會，那人沒有再來，英軍卻來了二、三十個，把我們抓住了……我剛才和布德副隊長核對了一下相

貌，冒充我的那個人和我們說的這個村民，長得一樣，就是一個人，這人偷走我的衣服，衣服裏還有我的任職令呢，他讓英軍把我抓住，跑去冒充我。」

「好，我都知道了。」我看了看他們幾個，「所以你們要跟着我，我帶你們回去，我只要抓住那個假阿瓦爾，你們這兩個隊長和副隊長一起回去，那個假阿瓦爾一下就會被拆穿的。」

「可是我……還是不太相信你。」布德猶豫地說，「你一會是英軍，一會是法軍，現在又變成了英軍，你到底是什麼人？」

「你必須相信我。」我極為嚴肅地說，「如果不信，也可以，我們把飯放下，然後離開，你們會一直關在這裏，過些天，英國士兵會把你們送到英國去，你們可就再也回不來了。」

「不要，我不要去英國。」阿瓦爾大叫起來，「我可受不了那裏的陰天，我不想在那裏發霉……」

「你跟我來，我能把你帶來，就能把你帶回去。」我一字一句地說，同時認真地看着布德。我其實理解他對我們身分的質疑，可是根本就無法解釋。

布德聽到我的話，終於點了點頭。

「你們快吃飯，味道不怎麼樣。」我指了指飯桶說。

四個人餓壞了，根本顧不得好吃不好吃了。他們圍上去，把飯盛到碗裏，狼吞虎嚥地吃起來。我則把張琳和西恩拉到一邊。

「想好怎麼從這裏出去了嗎？」我指了指樓梯說。

「帶着這幾個傢伙穿越到半小時前的村外？」西恩猶豫地問，「四個人，人數有點多，萬一在穿越通道裏亂動，我們可不好控制他們。」

「西恩，西恩！」張琳很是不高興地拍了西恩的腦袋一下，「手錶在坎貝爾那裏，我們怎麼穿

越？」

「啊，我忘了。」西恩説着吐了吐舌頭，一臉的尷尬。

「手錶一定要拿回來。」我看看他倆，「沒辦法了，只有硬拚一下了，下面要靠你們兩位大師當主角了……」

我們等四個人吃好飯，隨後簡單進行了安排。一切準備妥當，我看了看張琳。

張琳點點頭，隨即向樓梯跑去。西恩和我則與布德四個人「打作一團」。

「衞兵——衞兵——」張琳跑上樓梯，驚恐地大喊着，「英國佬要跑——」

門口的兩個衞兵立即舉着長槍衝進屋，向地牢跑去，張琳緊跟着他倆。兩人跑到地牢，看見我們正在「搏鬥」，舉起槍就衝了過來。

「嗨——」張琳快跑兩步，一手一個，用手掌砍在他們兩個的脖頸上，兩人當即倒地不醒。

布德摸着自己的脖子，看着張琳。

「你剛才是不是就這樣把我打暈的？」布德走出牢門，質問張琳。

「現在別説這個⋯⋯快，拖進去，到時候會有人救他倆的。」我指揮着大家把兩個衞兵拖進牢房。

昏迷的衞兵被拖進了牢房，我們把衞兵的衣服脫下來，布德和阿瓦爾都穿上了英軍的衣服。我們出了牢房，把牢門關上。兩個衞兵一小時內是醒不過來的。

我和張琳走在最前面，兩個阿瓦爾的衞兵走在我們後面，布德和阿瓦爾把英軍的帽子壓得很低，西恩走在最後面。我們走出了房間，我揮揮手，帶着大家向坎貝爾的房子走去。

一路上，我們遇到了幾個英軍士兵，不過他們都沒怎麼注意我們。

「啊，我們押着被俘虜的法軍去審訊。」西恩

看到那幾個士兵，連忙對他們喊起來。

「又沒人問你什麼。」我回過頭去，壓低聲音，同時瞪着西恩。

「啊——」西恩連忙閉嘴，他知道自己又說錯話了。

我們來到坎貝爾住的房子前，有一個瘦瘦的衞兵在站崗。

「隊長說要審訊這兩個法軍俘虜。」我向那個衞兵說道，「我們把人帶來了。」

「好的，進去吧。」衞兵說道。

我們一起往裏走，衞兵突然叫了起來。

「哎，進去那麼多人幹什麼？」

我對西恩、張琳點點頭，這也在我們的預料之內。西恩和張琳沒有進去，而是默默地走到了一邊。

我和布德、阿瓦爾「押着」兩個法軍走了進去。坎貝爾正在最裏面的沙發上，他半躺着，端着

一杯酒，手裏還拿着我的手錶。

「喂，滅掉——」坎貝爾對着我的手錶大喊，忽然，他看到我進來，很是興奮，「凱文，還想叫你呢，這水晶球怎麼還發亮？大白天就不要了吧……」

阿瓦爾説着愣住了，他看到兩個法軍也進來，身後還站着兩個壓低帽子的英軍。

「你們、你們幹什麼？」

「還給我的東西——」我衝上去，一把就搶過來我的手錶。

兩個法軍跟着上來，一左一右地抓住坎貝爾的手臂，布德和阿瓦爾把坎貝爾的寶劍抽出來，對着他。坎貝爾嚇壞了。

「總是搶人家東西，不害臊嗎？」我説着從坎貝爾的手臂上摘下來張琳和西恩的手錶，把手錶放進我的口袋，我看看布德和阿瓦爾，「把他捆起來。」

大家一起動手，從房間裏找了繩子，把坎貝爾捆了起來，布德撕下一塊窗簾布，把坎貝爾的嘴給堵住了，坎貝爾不停地掙扎，但是毫無用處。

　　「好了，東西拿回來了，我們先把衛兵騙進來，然後從南面的哨卡衝出去。」我指揮着大家，「再準備一根繩子，把衛兵⋯⋯」

　　「嗨，你們幹什麼──」門口傳來一個聲音，那個衛兵應該是聽到了裏面響動，端着長槍跑了進來，他看見了房間裏的景象，坎貝爾被捆住，我們人多，而他只有一個，衛兵掉頭就跑，「來人呀──」

　　「張琳──西恩──」我連忙大喊起來，按照計劃，張琳和西恩就在外面等。

　　我的話音未落，張琳和西恩已經衝到了門前，攔住了那個衛兵，張琳一拳打上去，衛兵躲閃了一下，西恩飛起一腳，把他踢進屋子裏。我們連忙把衛兵捆住，嘴裏塞上布，和坎貝爾放在一起。

　　「拿上他的武器，我們衝出去──」我説着拿

起一把長劍，這個房間裏，有坎貝爾的兩把長劍，還有一面盾牌。

「報告——第三中隊隊長、副隊長前來報告……」這時，門口又傳來一個聲音，兩個英軍軍官走進來，他們先是敬禮，隨即看到了房間裏的一切，「啊——隊長被抓住啦——」

沒人攔截他們，兩個英軍跑出去，大聲地呼喊起來。

「先鋒寶盒——霹靂劍——」張琳唸道。

一個長方形盒子從張琳的衣袖中掉出，張琳拿住盒子，按下了上面的藍色按鈕，頓時，一把鉛筆長的劍從盒子中飛出，劍在張琳的掌心中旋轉幾圈，盒子消失，小的劍則變成一把長劍。張琳揮了揮手裏的長劍。

「我在前面，凱文居中，西恩斷後，我們衝出去——」

張琳說着就往外衝，布德和阿瓦爾一個拿着長

劍，另一個拿着盾牌，跟在張琳身後，則跟在他倆身後，最後是阿瓦爾的兩個衞兵，他們一個拿着英軍衞兵的長槍，另一個把椅子腿打斷，拿在手裏當木棍。西恩則在最後一個。

張琳衝出去後，就看見迎面而來的幾個英軍，這些英軍準備也不足，好幾個手裏都沒有武器。一個手持長槍的士兵對着張琳就猛刺過來，張琳用劍輕鬆地擋開，隨即用劍背打在那個士兵的肩膀上，那個士兵慘叫一聲，倒在地上。

「衝——衝——」張琳一面對付上來攔截的英軍，一邊大聲地呼喊着，提示我們緊跟着她。

十幾個英軍士兵舉着長槍從一所房子裏衝出來，其中有幾個還拿着弓箭。他們還沒衝過來，弓箭手的飛箭已經射了過來，阿瓦爾連忙跑上去，舉起盾牌，擋住了其中幾枝。有一枝直直地飛向張琳，被張琳用劍撥開。

這邊，布德也打倒了一個英軍。兩個英軍向我

衝來，第一個手持長槍恨恨地刺來，我一閃身，躲過了攻擊，並且順手抓住了槍桿，用力一拉，那個英軍被我拉倒在地。我奪下了長槍，這時，第二個士兵的長槍已經刺了過來，我用槍桿一擋，隨後用槍尾刺過去，槍尾戳中了那個士兵的鎧甲，他也被我戳倒了。

我們一路衝向鎮子南邊的哨卡，鎮子裏此時已經被我們攪得沸騰起來，幾個英軍的軍官一直大喊招呼那些士兵阻截我們，衝出來的士兵越來越多。

張琳衝在最前面，她越來越勇，攔截的英軍被她打得紛紛敗退。這時，不知從哪裏，有箭枝不停地射向我們，手裏握着盾牌阿瓦爾最為忙碌，他擋着那些箭枝，他的盾牌上扎了二十多枝箭，看得出來，他不愧為法軍的大隊長，他作戰的身手還是很敏捷的。

CHAPTER 8

兩軍一起追

　　很快，我們就衝到了鎮子南邊的哨卡前，守衛哨卡的那個士兵看到我們猛衝過來，嚇壞了，把槍扔掉，大呼小叫地跑了。旁邊塔樓上那個坐着睡覺的士兵被吵醒，睡眼朦朧地看着我們，也不知該怎麼辦了。

　　張琳距離出入口已經不到五十米了，而西恩身後的追兵則有近百米。眼看我們就要衝出去，哨卡旁的一所房子裏，守衛哨卡的衞隊士兵衝出來五、六個。

　　「關閘門——關閘門——」一個軍官大喊着，他手裏提着一把戰刀。

　　兩個士兵連忙去推柵欄大門，想關門後把我們困在裏面。我着急了，舉起手裏的長槍，像是現代

運動員投擲標槍一樣，把手中的長槍投了出去。

「噹——」的一聲，長槍擦過一個士兵的頭盔，扎在了柵欄門上。兩個士兵看着發顫的槍桿，全都呆住了。

張琳飛身過去，要拉開半關的大門。那個軍官迎上來，張琳兩下就打掉了他的戰刀，隨後飛身衝過去拉開了大門。

「嗖——嗖——嗖——」好幾枝箭飛了過來，西恩手裏揮舞着一把搶來的長劍，把幾枝箭全部打到地上。

「快——快——」張琳大聲地招呼我們從大門衝出去。

我們魚貫衝出了大門，守門的士兵毫無辦法，有兩個試圖追上我們攻擊，但是被西恩輕鬆打退，我們一口氣就跑出去一百多米。

終於衝了出來，大家都鬆了一口氣，也放慢了一些腳步，這時，身後一陣轟鳴聲傳來，我回頭

一看，從大門那裏，衝出來幾十匹戰馬，這些戰馬的半身批甲，馬上，則是一身鎧甲的士兵，這是槍騎兵大隊整裝的騎兵，他們全都端着兩米多長的長槍，出了大門後一字排開，衝着我們就追了過來，就像是要把我們踏平一樣。鎮裏的軍官看到我們奔逃，集合了騎兵，來追擊我們。

「快跑──」我大喊着，招呼大家逃跑。騎兵一起衝鋒的轟鳴聲非常令人恐懼。

「啊呀──」阿瓦爾看見大股騎兵追來，也慌了，他不小心踢在一塊石頭上，人飛了出去，盾牌也丟在一邊。

那兩個法軍衞兵連忙扶起阿瓦爾，隨後幾乎是架着阿瓦爾奔逃。布德回頭看着那些拿着長槍衝來的騎兵，有些絕望了。

騎兵越來越近，幾十支鋒利的尖刃對着我們一起刺來。

「嗨──」西恩停下腳步，轉身站在那裏，怒

視着衝上來的騎兵。

騎兵們狂奔着，他們把頭盔上的面具護板放下來，遠處看冷酷極了，他們的面具上只露出兩個眼睛的空洞，非常像是骷髏，那馬蹄轟鳴和鎧甲甲具間金屬的摩擦，更像是要吞噬我們一樣。

「防禦弧——」西恩大喊一聲，對着地面劃出一個弧線。

地面上生成了一個長長的弧線，弧線閃着白色的光，大地瞬間也變得更加亮了，那弧線很是刺眼。

騎兵根本就不知道這弧線的威力，他們也從未見過這種弧線，此時他們只管衝鋒。很快，第一排騎兵直直地就衝進弧線區，只見那道弧光立即發散，射出更加明亮刺眼的無數光束，騎兵們立即被反彈回去，人仰馬翻，很多騎兵都被拋得飛起來好幾米高，隨後重重地摔下去，他們的長槍掉落了一地。

隨即，又有後面的一排騎兵閃過倒地的馬匹和士兵，繼續衝上來，他們的長槍觸到弧光就飛起來，隨即又是人仰馬翻。西恩的防禦弧足有百米寬，完全攔截住了那些騎兵。

　　騎兵倒地，亂成一團之時，我們快步向前跑去，很快，我們就衝進了一片樹林。西恩看了看身後的騎兵，他的防禦弧收到了預期的效果，追兵不

在了。西恩很是滿意地點點頭，他轉身看到我們進了樹林，隨即跟了過來。

英軍駐地的大門外，廚師長手裏拿着一個長長的勺子，看着遠處倒地的騎兵，滿臉疑惑。

「這個凱文……到底是哪一邊的？」廚師長發出疑問，不過隨即聳聳肩，走了回去。

我們來到樹林裏，西恩追上我們，告訴我們騎

兵都已經倒地了，我們目前安全了。剛才又跑又作戰，我們全都累壞了，聽到西恩的話，我們都坐在地上，喘着粗氣，我們全都筋疲力盡的。

「你們、你們到底是怎麼回事？就這樣幾個小孩子，這麼厲害……」布德靠着一棵樹，他把長劍扔在了地上，「要是我們法軍都像你們一樣，何苦打了這幾十年仗，早把英國佬趕回去了。」

「哎，我說，你們加入我們吧，算是最高級的僱傭軍，我向你們支付金幣。」阿瓦爾不失時機地說，「就在我的大隊，我封你們三個都是中隊長，怎麼樣？價錢好說，只管你們開……」

「大隊長閣下，還是算了吧。」布德擺了擺手，「這幾個孩子，一會是法軍，一會是英軍，搞不清他們的底細。」

「說實在話，我都搞不清我到底是法軍還是英軍了。」西恩在一邊說，「看看，連個軍裝都沒有，就戴着一個頭盔，打仗前我要先看看自己的頭

盔是英軍的還是法軍的。」

「哈哈哈……」張琳很少見地大笑起來。

「大隊長和副隊長閣下。」我則要認真地看着阿瓦爾和布德，「還是按照計劃，我送你們回去，幫你們把假阿瓦爾找出來，然後我們帶走他，你們繼續你們的工作，我們就算是你們生活中的一個小遭遇，過去了就結束了。」

「説得輕鬆，我可忘不了，那一道發光的弧線。」阿瓦爾先是指着西恩，隨後看看張琳，「這個姑娘，空氣中變出寶劍……」

「好啦，我們還是走吧。」我把話題岔開，另外，我的確想快點去把辛博諾抓到，誰知道他會幹出什麼，「我們可是還要走一段路呢。」

大家休息了一會，也都休息夠了。聽了我的話，全都站了起來。我們出了樹林，繼續向尚森松村趕去。

我們向前走了幾公里，面前是一片田野，再向

前，一座村莊依稀可見了，這就是尚森松村。只要我們到了村子，來到假阿瓦爾的駐地，真阿瓦爾和布德一出面，一個大隊長一個副隊長，假阿瓦爾會立即暴露的。

我們來到村口，不過距離村子還有幾十米，村口的哨兵大概被驚動了，看到來了一夥人，他們頓時擺開陣勢，隨後，原本兩人把守的村口出現了二十多個士兵，大部分用弓箭對着我們。

「站住——」一個哨兵對我們大喊着，我們中間有人穿英軍衣服，有人穿法軍衣服，哨兵也看糊塗了，「不要過來——你們是誰——」

「笨蛋——我是副隊長——」布德上前幾步，沒好氣地喊道，「沒長眼睛嗎——」

「布德副隊長——」士兵有些興奮地喊道，很明顯，他認出了布德，於是轉過頭去，「布德副隊長回來了——」

「這些笨傢伙，連我都認不出來了。」布德笑

了笑，隨後對我們揮揮手，「我們進村吧。」

布德説完，帶着我們向村口走去，他轉過頭，很是得意。

「我們一進去，就把假隊長抓起來，這可是我的地盤。」

正在説這些話的時候，村口哨卡的石牆後，露出一個腦袋，正是假阿瓦爾──辛博諾。

辛博諾看到布德，皺了皺眉，隨後看到了阿瓦爾和阿瓦爾的兩個衞兵，當即驚呆了。

「停止前進──」辛博諾對我們大喊着，隨後看看身邊的哨兵，「準備攻擊，用箭射他們──」

「報告隊長，那是布德副隊長呀──」哨兵愣住了。

「布德無故消失，前去投敵無誤，還帶走了凱文三個小叛徒，看，他現在穿英軍衣服，身後還有英軍呢──是那個西恩，還有凱文，都是英軍──」辛博諾指着西恩，西恩一直戴着英軍的頭

盔，我也戴着英軍的頭盔，剛才從英軍駐地衝出來，戴着頭盔就有了保護，更加安全。

我們當即站住了，西恩連忙扔掉了頭盔，大家都有點手足無措。

「他們就是英軍——」辛博諾指着我們喊道，「射擊他們——」

辛博諾的意圖很明顯了，他知道我們一旦回來，他就會暴露了。他指揮着身邊的士兵，重點攻擊阿瓦爾和兩個衛兵，他這個舉動無疑就是想殺人滅口。

村口的哨兵可不知道辛博諾是假隊長，看上去辛博諾說得也合情合理，十幾個士兵舉起了弓箭，對準了阿瓦爾和兩個衛兵。

「不要——」阿瓦爾叫了起來，「我才是你們的隊長——」

「英軍還敢冒充隊長。」辛博諾指着阿瓦爾，瞪大了眼睛，「給我射擊——」

「嗖——嗖——嗖——」十幾枝箭迎面射來，阿瓦爾和兩個衛兵連忙躲閃。張琳憤怒了，她揮起霹靂劍，向前衝了幾步，用劍擋開了兩枝射來的箭。就在張琳想繼續向前衝的時候，村口那裏湧上來近百法軍，他們是趕來增援的，大部分都拿着弓箭，其餘的端着長槍對着我們。

「給我射擊，射這些英軍和法軍叛徒——」辛博諾大聲喊道。

「呼——」的一聲，一大片箭枝射來，張琳能躲開或者撥開十幾、二十幾枝箭，但是成片的上百枝箭，她無法應對，她只能連忙躲在村口路邊的一棵樹後。我們都在張琳身後，看見密集的箭枝飛來，也只能躲到另外一棵樹後。

「不要上當——我才是真阿瓦爾，那人是假的——」阿瓦爾在樹後對着村口大喊着。

「還敢冒充我——」辛博諾大叫着，「整隊，衝出去把他們都殺了——」

隨着辛博諾的下令，村口那裏一片忙亂。我們在大樹後，聽到了辛博諾的話，我們知道這一支法軍的戰力，他們有三百人左右，要是全部都衝出來，我們根本招架不住。

「凱文——怎麼辦——」張琳握着霹靂劍，着急地問。

這時，村口哨卡那裏，阻礙騎兵推進的拒馬被推開，一大隊法軍士兵端着長槍衝了過來，不少長槍手越過石牆，吶喊着衝過來。

「還能怎麼辦——跑——」我大喊一聲，這種情況下，只能先撤離。

我們掉頭就跑，後面的法軍喊着抓叛徒，一起衝了出來，看看人數，最少也有二百多人，辛博諾在其中揮着一把寶劍，指揮着他們。

我們拚命向後跑，後面的法軍距離我們有一百多米。不過有幾十個法軍騎兵跟着衝了出來，西恩準備用防禦弧阻攔他們了。

這時，我們面對着的一片樹林，一陣轟鳴，只見一隊英軍突然從裏面衝了出來，為首的正是坎貝爾，坎貝爾騎着一匹白馬，帶着英軍的騎兵，他一定是被自己人鬆綁後，前來追擊我們的。

「不能饒了他們──」坎貝爾看到我們，雙眼噴出怒火，他揮着一把戰刀，邊跑邊喊。

西恩此時在我們的最後面，本來想阻止住後面的法軍騎兵，跑進樹林後再離開這裏，但是沒想到面前又出現了英軍的騎兵。我們收到了兩面夾擊。

「跑──跑──」我指揮着大家，向我的左手方向跑去，避開兩面的夾擊。

左手方向是一片田野，我們一起向田野衝去，身後，法軍和英軍一起追了上來。

「哇──哇──」西恩一邊跑一邊喊着，「本來是英法戰爭，現在是英法軍隊一起追我們，我們算是什麼──」

英軍和法軍很快就合成一夥，一起追來，三百

多的法軍和近百英軍，形成了一大股部隊。

「西恩，防禦弧阻攔呀——」我邊跑邊説。

「防禦弧只能擋住兩百人，剩下的人還會追過來——」西恩回頭看了幾次了，他做了快速的評估。英法兩股部隊，拉成了一條橫線追擊，左側是法軍，右側是英軍，追擊線橫着大概有一公里多。

追過來的兩軍距離我們只有五十多米了，最前面的是騎兵，步兵緊緊跟在後面。一些箭枝也射了過來。兩支軍隊此時按照指揮官的指令，就想追上我們，展開攻擊。

「西恩，跟着我喊——」我真的着急了，如果兩軍追上我們後展開攻擊，他們人數太多，我們一定損失慘重，我向法軍那邊跑去，示意西恩去英軍那邊，「英軍打我們法軍呀——英軍打法軍了——」

西恩立即明白了我的意思，他跑到了英軍那邊。

「法軍進攻英軍了——法軍打英軍了——」

兩支軍隊為首的騎兵，本來就要追上我們了，聽到我們的喊聲，立即看向對方。雙方那極其不友好的目光一下就接觸上了。

「英軍打法軍啦——」我繼續喊着。

「法軍打英軍啦——」西恩也繼續大喊。

為首的法軍和英軍的騎兵，敵視的目光接觸之後，在我們的喊聲鼓動下，對着對方就衝了過去，隨即就用刀劍互砍起來。他們身後的部隊看到兩軍真的打了起來，吶喊着衝向對方，很快，兩支軍隊就打在了一起。

「快跑——快跑——」看到計策奏效，我揮着手臂，招呼大家快速離開這裏。

「不行，英軍在攻擊我們——」布德和阿瓦爾說着一起向回走去，要幫助法軍。

「快走，現在你們被認為是叛徒，指揮權不在你們手裏，辛博諾在控制着法軍。」我和西恩攔着

122

他們，「回去就會被雙方一起攻擊。」

　　無奈的布德和阿瓦爾被我們推着，逃離了這片田野。我們的身後，英法兩軍打在了一起，根本就無暇顧及我們了。一陣陣的廝殺聲響起，法軍中的辛博諾此時臉色大變。

　　「喂——喂——」辛博諾指着遠方的我們，「抓他們呀——你們要去抓他們——」

　　「啊——」一個英軍騎兵怒吼着，用長槍對着辛博諾就刺過來。辛博諾連忙躲避，兩名法軍士兵上前相救，攔住了那名英軍，打在了一起。

　　辛博諾嚇壞了，他騎着馬避到一邊，一時手足無措。

　　「嗖——」一枝箭射來，正好射在辛博諾的頭盔的側面，「噹——」的一聲，那枝箭被金屬頭盔彈開。辛博諾縮着脖子，掉轉馬頭就跑。

　　沒有誰再追我們了，我們一口氣跑出去幾公里，身後的廝殺聲漸漸聽不見了。我們跑到一條小

河邊，實在跑不動了，我們全都累得癱坐在地上。阿瓦爾的兩個衛兵跑到河邊，用頭盔盛河水喝。

「凱文，分析大師，頭腦就是不一樣。」西恩在一邊誇讚起來，「要不是你那麼一喊，兩邊的人一定針對我們，現在我們不是被法軍踏平，就是被英軍踏平。」

「要是被法軍踏平，我們才叫冤呢。」布德很是不高興地說，「哎，被自己人追，這算怎麼回事呀。」

「剛才那一幕，看上去英法兩軍好像都友好了。」張琳很是自嘲地說，「都是由於我們的原因。」

「誰跟英國佬友好？」阿瓦爾不屑地說道，「我們都打了快一百年了，我爺爺和爸爸就和他們打仗。」

「那是你們的事，我們只管把辛博諾抓回去。」西恩向身後的方向看了看，那邊，我們已經

聽不到一點廝殺聲了，「哎，凱文，下一步呢？我們的任務還沒完成呀，辛博諾還在冒充阿瓦爾呢。」

「下一步，簡單……」我說着站起來，也向身後方向看去，「今天要是辛博諾沒在哨卡那裏看到我們，我們進了村子，早就把他抓住了。」

「可是他現在一定有了防備了，他看見阿瓦爾男爵跟着我們，一定知道我們是去拆穿他的。」張琳說道，「莫非你說我們穿越進去？」

「沒錯，用我們的方式。」我用力地揮揮手臂，「他們打完，應該各自回營了，我們穿越進尚森松村，讓那個辛博諾措手不及，只是帶着這麼多人，我們穿越的風險會很大。」

「我們要是突然出現在辛博諾面前，看他怎麼辦。」西恩連聲附和着。

「辛博諾剛才不給我們講話的機會，我們進去後，不僅有正副隊長，阿瓦爾男爵的衛兵也認識裏

面不少法軍，我們完全能夠自證，揭露辛博諾這個假隊長……」我繼續分析着我們的優勢。

「我説，你們在説什麼？」布德一臉疑惑地看着我，「什麼進入尚森松村？我們不是進不去嗎？我們不是被打出來了嗎？」

「這個你們放心，我們有辦法。」我笑了笑，「現在我們要做的，就是回去，看看法軍是不是回到駐地了……」

CHAPTER 9

拆穿假隊長

　　布德和阿瓦爾雖然半信半疑，但是我們剛才的一系列超能力表現，已經讓他們感覺到我們的不一般。我們現在提出的計劃，他們都很是配合。我們原路返回，當然，一路上我們都很小心，盡量在樹林中行走，遇到開闊的地方，也不是一起前進，而是張琳充當探路先鋒，走出一段後，發現沒有情況再招呼我們跟進。此時我已經把張琳和西恩的手錶給了他們，我們之間可以用手錶聯繫。

　　很快，我們就返回到剛才被英法兩軍追趕的地方，我們先是在樹林裏向外觀察了一下，然後準備走出去，去尚森松村看看。我們剛走出去幾米，不遠處，一隊人馬走了過來。

　　我們連忙退進樹林裏，躲在裏面觀察。那隊人

馬是法軍，他們沒有發現我們，而是從我們眼前經過，前往尚森松村的方向。這些人有三、四十個，剛經過一會，更大的隊伍跟着走了過來，這些人足有兩百多人。他們過來的方向，是英軍駐地蘭布林鎮。

「剛才他們混戰的時候，法軍將近三百人，英軍不到一百人，所以法軍一定佔了上風，追擊到了英軍駐地。」我看着那羣人，分析道，「攻到了英軍駐地，他們又無法佔領了那裏，所以回來了。」

「辛博諾——」張琳指着大隊人馬中，只見辛博諾懶洋洋地騎着一匹馬，往回走着。

「冒充我的傢伙——」阿瓦爾在一邊罵了起來。

「小點聲。」西恩立即提醒道。

「來，機不可失，我們現在就穿越到尚森松村去。」我立即招呼大家，「我其實很擔心他們要是全部都回去後，我們穿越的落地點要是正好在一大

羣法軍中，可能還會遭到攻擊。現在他們回去還要走將近半小時，而且他們基本是傾巢出動，尚森松村是空的，我們穿越進去後被發現的概率最小，所以現在就行動。」

「什麼叫穿越？」布德和阿瓦爾一起問。

「跟我們來。」我説着看看四下，「張琳，西恩，幫忙找個穿越地點。」

森林裏，有一片小空地，很快被我們找到。我們把大家集中在一起。先是讓布德、阿瓦爾和那兩個衞兵手挽着手，背對着背，緊緊靠在一起。隨即，我和張琳、西恩呈包圍狀，並緊緊抓着他們的手。

「無論遇到什麼情況，你們都不能鬆手，抓得越緊越好。」我叮囑着。

「這、這是要幹什麼呀？」布德不放心地説，「我抓得很緊了，你們又要弄什麼新東西出來？」

「抓緊，牢牢抓緊。」我可沒有時間和他們解

釋，「不要驚慌，我們很快就能到尚森松村了。」

說着，我抬起一隻手臂，對着我的萬能手錶。

「總部時空隧道管理員，我是阿爾法小組051號特工，我和另外兩個同事申請開啟穿越通道，請輔助我們實施穿越。」我緊急地說。

「我是15號時空隧道管理員，請問穿越方式。」手錶裏一個聲音問道。

「定時定點穿越。」

「穿越後抵達時間和地點？」

「我們此時所處時間的五分鐘後，落地點在法國北部的尚森松村裏。」

「同意穿越。你們需要特別留意以下事項：一，不許從穿越地帶回除任務要求外任何物品。二，不許改變歷史。三，不許利用已經獲得的歷史知識進行任何非幫助完成任務的行為。」

「明白。」我說，「我們要一次帶四名非超能力人士穿越，我們已經站好，請用穿越通道直

接包容我們。」我說道，這樣我們就不用帶着布德他們四個走進通道裏了，我擔心到時候他們不敢進去，畢竟他們從未見過穿越通道，對我們也還是有所提防，不過用穿越通道直接包容我們進去有一定難度。

「沒問題，我會小心操作……五秒鐘後穿越通道開啟並包容你們，請站穩！五、四、三、兩、一。」管理員說道，隨即，一個若隱若現的巨大管道出現了。

穿越通道大概四、五米長，管理員非常用心和專業，穿越通道直接包蓋住了我們。布德他們全都驚呆了，我們則緊緊地拉緊手臂，並用力擠靠布德他們，此時我們越是緊密，穿越事故發生的概率就越低。

「抓緊——抓緊——」我大聲地提醒着。

「轟——」的一聲，一道橘紅色的閃光從我們七個人身上滑過，霎時間，我們就消失在穿越通

道中。

我們被拋進了一個橫向的時空隧道之中，前進的速度非常快，我們的身體承受着巨大的壓力，我努力調控着飛行姿態，我們在旋轉着前進。

「啊——啊——」布德和阿瓦爾都嚇得大叫起來。

「唰——」的一下，我們突然感到一切都停止了，一切也不再旋轉，腳有踩在地上的感覺，穿越結束了。我們只是穿越到五分鐘後，時間段、距離也短，所以一切僅僅在十秒內完成了。穿越結束，我們鬆開了手。

「這是哪裏？」阿瓦爾差點沒站住，他看着四面，「這是怎麼回事呀？」

我向管理員致謝。隨後，我也看着四周，我們落地的地方，很熟悉，就在磨坊附近，此時的尚森松村裏，空無一人。

「這就是我們要來的地方，冒充你的傢伙過

一會就到。」我走到阿瓦爾身邊説，「你們不需要知道飛到這裏的原因，現在我們先去辛博諾住的地方，等他回來。」

我們穿行在幾所房子中間，我暗自慶幸能在法軍外出的時候來到這裏，因為落地點不會精確到十幾米範圍內，白天法軍都在的時候，我們就會暴露，只能選擇黑暗的夜晚穿越，但是那樣因為天黑，也會妨礙我們的行動。

布德對這個村子很熟悉，他帶着我們很快就來到了他被我們抓走的那所房子──那是布德和假阿瓦爾的駐地。房子前沒有人，衞兵也和假阿瓦爾出戰了。我們快速進了房子。

「我們説把你送回來，就把你送回來了。」我邊走邊對布德説，「我們兩清了。」

「沒有，我現在的身分變成『叛徒』了。」布德很是不高興地説，「都怪你們把我抓走了。」

「這個⋯⋯」我頓了頓，「會為你洗刷這個名

聲的。」

　　房子裏也空無一人，二樓右邊的房間，本來是布德的，後來被假阿瓦爾換走了。我們進了假阿瓦爾的房間，關上了門。

　　「過一會他就回來了。」我看着房間的布置，「我們就在這裏等他。」

　　「那邊有個人。」西恩站在窗戶邊，指着遠處説道。

　　我們連忙過去，樓下一百多米外，有個法軍提着桶在水井邊打水。

　　「是廚師長。」我説，「大部隊都去打仗了，他留下燒飯。」

　　村子裏，此時還是靜悄悄的，我叫西恩在窗邊觀察，從窗戶能看見村口的哨卡，哨卡那裏有一個法軍站崗。我叫西恩小心，不要被發現，假阿瓦爾要是回來，看到房間裏有人，一定不會回來的。

　　我們從未在假阿瓦爾面前展示超能力，所以他

此時不會認為我們是特種警察穿越後來抓他的，否則他會有所動作，甚至連這個能受到保護的隊長也不當了，逃之夭夭。所以我們要在他什麼都沒有察覺的情況下，儘快抓到他。

「來了——來了——」西恩緊張的聲音傳來。

我們連忙走過去，把頭小心地露出窗沿。遠處的村口，大隊的法軍正在返回，他們都很慵懶的樣子，應該是很疲憊了。

「辛博諾會獨自進來，一定要抓住他。」我說道，「大家隱藏好，千萬不能被樓下的人發現。」

大批的法軍回來了，辛博諾騎在馬上，無精打采的。村子裏湧進來這麼多人，頓時也熱鬧起來，很快，我們就聽到房子下有人回來，接著有人進屋，但是沒有上來。

「把我的馬牽走，餵飽點。」辛博諾的聲音從樓下傳來，我們聽得很清楚，他從馬上跳下來說的這句話。

接着，辛博諾的馬被士兵牽走，他走進了房子。一樓的幾個士兵立即向他敬禮，辛博諾懶洋洋地走上了樓，腳步聲越來越近。

「吱——」的一聲，門被推開了，辛博諾走了進來。

「不要動——」布德用劍頂住了辛博諾的脖子。

辛博諾嚇壞了，他不知所措。這時，兩個躲在門後的法軍上來就捆住了他。

「你們、你們這是……」辛博諾瞪着眼睛，看着布德，「你們怎麼進來的？你們敢抓隊長？」

「什麼隊長？你是誰的隊長？毒狼集團的？」我走了過來，看着辛博諾，「辛博諾，別再裝了，我們是特種警察。」

「啊？」辛博諾驚呆了，「特種警察？你們、你們追到這裏了……」

「這才是阿瓦爾，我想你們見過。」我把阿瓦

爾拉了過來，「是不是你去報告英軍，把阿瓦爾抓住，你冒充法軍的隊長，來到這裏？」

「這個……」辛博諾看看布德的劍，渾身有些顫抖，「是，我路上遇到他們的，他們向我說了自己的身分，關鍵是說了隊長是新來的，要去的大隊沒人認識他，我就動了心思。我跑到這個戰區來，冒充村民，但總是東躲西藏，也很危險，不如冒充個隊長，有吃有喝，有人保護，但是我一個人打不過他們三個，就報告了英軍……我故意把隊長衣服弄濕，假裝去曬，其實是去英軍那裏報告，看到他們被英軍抓走，我穿上隊長的軍官服，偷了一匹馬，就來這裏冒充了，我在軍官服裏，還發現了一張任職令。」

「好了，真相大白了。」我一把抓住辛博諾的衣領，把他帶到窗口，邊走邊看着布德，「現在還你清白，我們就互不相欠了……居埃爾，跟我來。」

阿瓦爾隊長的衛兵居埃爾立即跟我到了窗邊。我把辛博諾推到窗戶中央，站在他身邊。

「第一大隊的士兵們──全都過來──」我對着樓下大喊起來。

樓下本來有幾個士兵，聽到我的喊聲，全都走了過來。我繼續大喊着，越來越多的士兵走了過來，看到辛博諾被綁着，都很吃驚。

「這個人，真名叫辛博諾，冒充前來上任的隊長阿瓦爾，他是個騙子──」看到士兵站滿了樓下，我喊道，「你們認識的人，居埃爾可以作證──」

「兄弟們──」居埃爾把身子探出去，讓大家看清自己，「我是居埃爾，我是阿瓦爾隊長的衞兵，我們在上任路上被這個傢伙報告，被英軍抓了起來，他冒充阿瓦爾隊長前來上任，騙了你們──」

「轟──」下面一陣譁然。這些士兵中，有不少是認識居埃爾的。

「兄弟們──我沒有投降英軍──英軍軍裝是用來掩護身分的──」布德上前一步，「一切都是

這個辛博諾在搞鬼，他誣陷我的——」

「本來就懷疑他了，敬禮姿勢都不太對——」樓下，一個軍官大喊着。

「轟——」又是一片譁然。士兵們醒悟了，紛紛指罵辛博諾。

「這才是我們的隊長阿瓦爾，剛才辛博諾要殺人滅口——」布德把阿瓦爾拉過來，「你們誰都可以親自去第二軍團司令部查問，看看他到底是不是阿瓦爾隊長。」

「副隊長，隊長，我們相信你們——」樓下好幾個軍官一起喊道。

阿瓦爾很是高興，他對着那些士兵揮着手，士兵們開始向他歡呼。

正在這時，一個人騎着馬，快速地跑來，他有些驚慌失措，他跳下馬，擠進人羣，看着樓上樓下，更是不知所措。

「來報信的吧？怎麼了？」布德看着那個士

兵，問道。

「報告副隊長——」那個士兵立即立正，「英軍、英軍拉着一百門大炮來了，這次來了有三百人——」

「準備迎……」阿瓦爾連忙大聲地說。

我一下就把阿瓦爾拉住，隨後又把布德拉過來。

「一百門大炮，三百人，英軍擺明增加了人數和火力，要掃平你們。」我急着說，「他們有增援部隊。」

「那又怎樣？身為軍人，我要為法國而戰——」阿瓦爾毫不在乎地說。

「沒說不讓你作戰，但是眼下你的實力，明顯不夠呀。」我說道，「趁還沒有被包圍，可以先撤出這個村子，我不想我走後你們被炮火炸平。來日方長，撤走後你們還能重來，我也不想指揮你們，你們今後愛怎麼打就怎麼打，我不能改變歷史的，

只是無謂犧牲沒必要，你們好像只有幾門大炮吧，能抵擋住一百門大炮嗎？」

「這個……」阿瓦爾和布恩都猶豫了。

「稍稍透露一下，英法戰爭，最後，你們贏。」我笑了笑說，「保存實力吧，一百門大炮上來轟，十分鐘這個村子就什麼都不剩了。」

「真的嗎？我們贏？」阿瓦爾看着我，不過我們的一系列表現，讓他不得不相信我，「好的，那我們先撤出去，然後找機會再回來……」

阿瓦爾和布德隨即下去整隊撤離，我們依依告別。他們先走了，我們留在村子裏，在村口撤走衛兵的哨卡前，找了一塊空地，我呼喚了總部穿越管理員，我們押着辛博諾，要穿越回去了。

村外郊野處，一大隊英軍拉着大炮，走了過來，他們把大炮一字排開，坎貝爾騎在馬上，他頭上還纏着布，布上滲出血，估計是剛才被法軍打的。

「隊長──搶走你水晶球的那幾個傢伙──」

坎貝爾的胖衛兵指着我們説。

「轟——給我轟——」坎貝爾指着我們説，「炸飛他們——」

我們這邊，一個穿越通道生成，我們押着辛博諾走進了穿越通道，隨即，穿越通道消失。我們穿越回了現代。

「嗖——」一枚炮彈飛過來，隨即，炮彈在哨卡處爆炸。

「啊——啊——」胖衛兵喊了起來，「隊長，我們一下就把他們炸沒了——」

「可是我看到的是，我們還沒發射炮彈，他們就變沒了呀。」坎貝爾很是疑惑地看着我們剛才消失的地方。

「嗯……那才顯得我們厲害呀。」胖衛兵想了想，「我們還沒開炮，他們就被炸沒了。」

「你這個大笨蛋——」坎貝爾氣壞了，他揮着手臂，大聲地喊叫起來。

時空調查科7

百年戰場上的小傭兵

作　　者：關景峰
繪　　圖：Mimi Szeto
責任編輯：葉楚溶
美術設計：蔡學彰
出　　版：新雅文化事業有限公司
　　　　　香港英皇道499號北角工業大廈18樓
　　　　　電話：（852）2138 7998
　　　　　傳真：（852）2597 4003
　　　　　網址：http://www.sunya.com.hk
　　　　　電郵：marketing@sunya.com.hk
發　　行：香港聯合書刊物流有限公司
　　　　　香港荃灣德士古道220-248號荃灣工業中心16樓
　　　　　電話：（852）2150 2100
　　　　　傳真：（852）2407 3062
　　　　　電郵：info@suplogistics.com.hk
印　　刷：中華商務彩色印刷有限公司
　　　　　香港新界大埔汀麗路36號
版　　次：二〇二〇年十二月初版

ISBN：978-962-08-7647-9
© 2020 Sun Ya Publications（HK）Ltd.
18/F, North Point Industrial Building, 499 King's Road, Hong Kong
Published in Hong Kong
Printed in China